글 뭉 그림 맛파니냣타
3
손에 넣은 최면 앱으로
꿈같은 하렘 생활을 보내고 싶어

아가츠마 사이카
주인공의 동급생. 주위 사람들과
관계를 맺지 않는 수수하지만 숨은 미소녀.
"수영장은 좀 무섭지만……
카이가 옆에 있으니까 괜찮아."

"후우! 기분 좋다!"
아이사카 마츠리
주인공의 동급생.
밝은 성격으로 모두에게 상냥한 갸루.

"주인님께 민망한 포즈를 요구받거나,
밟히기도 하고 발을 핥기도 하고,
그야말로 환상적인 꿈이었어요♡"
혼마 에무
쿨한 아가씨 타입의 후배.
뒤에서는 '얼음 여왕'으로 불리고 있다.

3
손에 넣은
SAIMIN APP de
yumeno HAREM seikatsu
최면 앱으로
꿈같은 하렘
생활을 보내고 싶어
글 용
SAIMIN

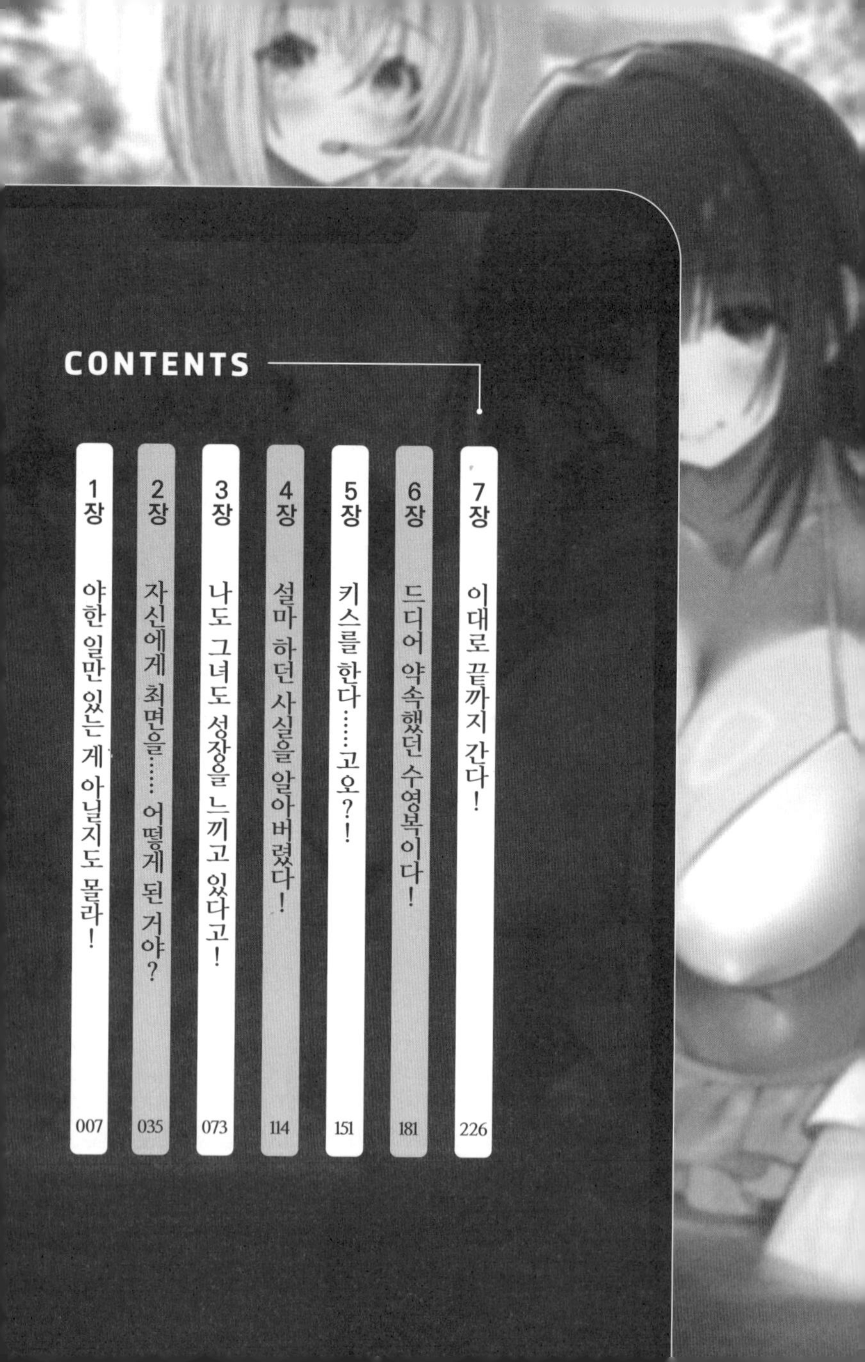

CONTENTS

1장 야한 일만 있는 게 아닐지도 몰라!

"……뭐야?"

그곳은 낯익은 어두운 장소였다.

"……또 그 불쾌한 꿈인가?"

애초에 이렇게 또 꿈이라는 걸 인식할 수 있다는 것도 신기한 이야기였다.

파트너—— 최면 앱이라는 초월적인 힘을 만난 시점에서, 그리고 그 힘을 행사하여 여자아이를 상대로 본래라면 있을 수 없는 일을 할 수 있게 된 시점에서, 이렇게 꿈을 인식할 수 있는 것도 어떤 의미로는 이상한 일은 아닐지도 모른다.

"어둡고 오싹한 꿈이긴 하지만 하나도 안 무섭……다고, 젠장."

죄송합니다. 거짓말했습니다. 엄청 무섭습니다.

아무것도 알 수 없는 꿈이라면 그나마 상관없는데, 이렇게 의식이 또렷하니 공포가 더욱 선명하게 느껴졌다. 조금 더 말하자면 이제부터 일어날 일이 상상되기 시작했다.

"……역시나."

그리고 예상했던 대로, 상상하고 있던 변화가 일어났다.

언젠가 꿈에서 봤던 남자가 눈앞에 나타났고, 그 남자가 검고 꿈틀거리는 실에 휘감겨 갔다……. 심지어 오늘 꿈은 훨씬 더 그로테스크한 연출이 나왔다. 남자의 몸에 상처가 나기 시작한 것이다.

"아파…… 멈춰…… 그만해……."

볼썽사나운 목소리이긴 했지만 그 처참한 광경에 차마 웃을 수가 없었다.

무언가를 조여가는 불쾌한 소리와 남자의 목소리만이 울리는 세계에서 나는 여전히 빠져나가지 못했다.

"아…… 도와, 줘……."

"윽……."

남자는 내 존재를 발견하고는 도와달라며 손을 뻗었다.

물론 나는 그것에 반응하지 않았다……. 아니, 할 수 없었다――. 그대로 남자는 검은색 실에 완전히 뒤덮이는가 싶더니, 귀가 찢어질 것만 같은 비명을 지르면서 짓뭉개졌다.

"……정말로 뭐야, 이 꿈은."

그렇게 크게 중얼거린 것도 아닌데, 마치 내 목소리에 반응하듯 검은색 실이 이쪽으로 다가왔다.

"뭐, 뭐야……!"

끈적하게 이쪽으로 방향을 튼 무수한 실들은, 머리만 달려 있었다면 뱀을 떠올렸을 정도로 기분 나쁜 섬뜩함을 갖고 있었다.

이대로는 큰일나겠다는 생각에 도망치려고 했지만, 꿀렁꿀렁 소리를 내며 검은색 실이 더욱 늘어났고, 절체절명이라고 생각한 순간…… 나는 무사했다.

"……어?"

내게 다가온 검은색 실이 분홍색 실에 의해 잘려나갔다.

그것은 이전에 꾼 꿈과 완전히 똑같았다……. 그렇다는 건, 이 분홍색 실이 나타났다는 건 혹시?!

"……아."

어두웠던 세상에 빛이 쏟아져 들어오면서 눈에 띄게 밝아졌다.

마음을 잠식하고 있던 불안감이 단번에 사라진 것은, 결코 이 밝음 때문만은 아니었다.

"카이, 괜찮아?"

"도와주러 왔어."

"괜찮아요? 카이 선배."

예전과 마찬가지로 그녀들이 나타났기 때문이다.

오타쿠에게 상냥한 갸루를 체현한 것 같은 아이사카 마츠리, 눈에 띄는 미모를 숨기고 있었던 아가츠마 사이카, 숨겨진 M이지만 미소녀인 혼마 에무.

이들 세 사람은 최면 앱을 통해 친해진 여자애들이었다.

최면 앱…… 내가 파트너라고 부르고 있는 그것을 통한 거라 친해졌다고 하는 것도 좀 이상한 이야기이지만, 그 말 말고는 표현할 단어가 없으니 어쩔 수 없었다.

"마츠리! 사이카! 에무!"

이름을 부르자 그녀들은 나를 보며 미소를 지어주었다.

그 미소를 보는 순간 몸에서 힘이 빠지며 그대로 털썩 주저앉았고, 그녀들이 달려왔다.

“괜찮아?”

“마츠리~!”

눈앞으로 와준 마츠리의 품에 뛰어들었다.

꿈속에서도 행복한 기분을 느끼게 해 주는 탄력감을 느끼며 얼굴을 파묻자 커다란 가슴이 얼굴 전체를 감쌌다.

“후후, 귀여워♪”

부드럽게 머리를 쓰다듬어 주는 마츠리에게 나를 밀어내려는 기색은 없었다.

꿈의 세계라고는 해도 파트너의 힘을 쓰지 않고 이렇게 할 수 있다는 건 정말 감사한 일이었다. 모처럼의 꿈이니까 마음껏 만끽해 주마!

“카이, 마츠리만 해 주고 치사해.”

“맞아요, 카이 선배!”

마츠리에게만 어리광을 부렸더니 사이카와 에무에게서 그런 말이 날아왔다.

“질투가 많네, 둘 다. 그래도 그 부분이 좋아!”

우와…… 나 완전 들떴구나. 하지만 꿈이니까 뭐든 해도 상관없고 누구에게 폐를 끼치는 것도 아니니까!

“사이카, 에무한테도 어리광부려주마!”

마츠리에게서 떨어져 사이카와 에무에게 뛰어들었다.

이런 꿈의 공간이라 그런지 땅은 비싼 침대 못지 않을

만큼 부드러웠다. 그러니 두 사람을 밀어 넘어뜨려도 몸에 통증은 없을 것이다.

"뭐, 선봉은 내가 끊었으니까 이제부턴 지켜보기로 할까~."

사이카와 에무를 밀어 넘어뜨리고 그 부드러움을 만끽하고 있는데, 눈앞에서 마츠리가 몸을 숙였다. 그녀의 치마 속이 훤히 보이며 검은색의 야한 팬티가 인사를 건네왔다.

"뭐야, 우리들 가슴을 만지면서 마츠리의 팬티에 정신이 팔리다니……."

"윽…… 역시 마츠리 선배는 강적이네요."

"얼마든지 봐도 괜찮은데~?"

마츠리는 볼을 붉히며 도발하듯 팬티를 쓰다듬었다.

동급생과 후배 미소녀를 쓰러뜨리고, 자신의 팬티를 손가락으로 야하게 쓰다듬는 미소녀를 바라보는 의미불명의 꿈…… 최고다!

"있지, 카이."

"응?"

"뭔가 더 하고 싶은 건 없어? 이건 꿈이잖아? 그럼 좀 더 과격한 것도 괜찮지 않을까?"

"과, 과격한…… 거?"

그렇게 되묻자마자 눈앞에는 무릉도원이 펼쳐졌다.

입고 있던 옷을 벗어던지고 속옷 차림이 된 세 사람이 나에게 손짓했다.

"이리 와, 카이."

"얼른 와, 카이."

"이리 오세요, 카이 선배."

당연하지만, 나는 세 사람을 향해 뛰어들었다.

그녀들을 내 마음대로 할 수 있다는 걸 기회 삼아, 나는 그저 이 꿈을 즐기듯 세 사람의 몸을 만끽했다.

"자, 가슴으로 얼굴을 감싸줄게♪"

얼굴을 마츠리의 가슴에 파묻고,

"손은 여기로."

오른손으로는 사이카의 가슴을 만지고,

"그럼 이쪽 손은 내가."

왼손으로는 에무의 가슴을 만진다!

나는 지금 대체 어떤 자세를 하고 있을까 궁금하긴 했지만, 꿈이니까 신경 써봤자 소용없다.

'더…… 더 할 수 있는 건가?!'

가슴에 얼굴을 묻거나 만지는 정도는 현실에서도 할 수 있었다.

파트너의 힘을 사용하면 마츠리 일행은 무슨 일이 있어도 나에게 저항할 수 없기 때문에, 쓰레기의 극치인 악당의 길을 목표로 하는 나로서는 이제 이 정도의 일은 일상다반사에 지나지 않았다.

'그렇다면…… 그렇다면!'

현실에서는 망설여져서 하지 못했던 일들을 지금은 할

수 있다!

“다들…… 좀 더 야한 걸 해도 될까?”

“좋아♪”

“응.”

“물론이지♪”

세 사람의 승낙을 얻은 순간, 콧구멍이 믿을 수 없을 만큼 벌어진 것을 자각했다. 그 후로는 기세에 몸을 내맡기기로 했다.

“그 속옷을 벗어줘!”

지금 이 자리에서의 소원은 단 하나, 그 마지막 아성을 제거하고, 그 앞의 경치를 보는 것!

“후후, 좋아.”

“카이라면 보여줄게.”

“카이 선배만 좋다면 보여드리고 싶어요.”

이들은 이런 바람에도 미소를 지으며 고개를 끄덕였다.

“오…… 오오……!”

속옷이 벗겨진 그 너머를, 나는 보았다.

실오라기 하나 걸치지 않은 태초 그대로의 모습을 선보인 그녀들의 육체는, 에로스에 완전히 지배당한 나의 뇌를 정화할 정도로 신성한 광경처럼 보였다. 나는 신께 감사하다는 뜻을 담아 눈을 감았다.

“……아니, 눈을 감으면 못 보잖아!”

하지만 그렇다고 해서 뚫어지게 바라보는 것만으로 만

족할 수 있을 정도로 나는 순진하지 않았다.

"마츠리, 사이카, 에무―― 알몸인 너희들에게 마음껏 어리광부리고 싶어."

"좋아♪ 이리 와."

"마음껏 받아줄게."

"어리광만 받아주면 되는 건가요? 명령도 많이 해 주세요♡"

이리하여, 나는 꿈이라는 것을 기회 삼아 알몸 상태의 그녀들에게 자극적인 장난을 했고, 소원으로 말했던 것처럼 충분히 어리광부린다는 꿈을 꿀 수 있었다.

'이제 검은색 실 같은 건 떠오르지도 않아……. 나는 마츠리 일행의 가슴속에서 죽고 싶어.'

그리고 무엇보다, 이미 내 안에는 꿈을 꾸기 시작했을 때의 공포는 거짓말처럼 사라진 뒤였다.

▶▷

"가슴 천국…… 응?"

문득 눈을 뜨자, 나는 천장을 향해 손을 뻗고 있었다.

"……어?"

내…… 내 가슴 천국은 어디로 갔지?!

마츠리는?! 사이카는?! 에무는?! 그렇게나 야한 어리광을 부리게 해 줬던 세 사람의 모습이 어디에도 없어?!

"……젠장, 꿈이었잖아아아아아아아아!"

그래…… 그런 건 당연히 꿈일 수밖에 없고, 애초에 꿈속에서도 그게 꿈이라는 걸 깨닫고 있었잖아.

파트너의 힘 없이는 마츠리 일행과…… 뭐, 최근에는 무척 친해졌고 마츠리와 사이카 두 사람과는 수영복까지 함께 샀을 정도로 가까워졌지만…… 아무리 그래도 알몸을 보여달라고 했을 때 흔쾌히 고개를 끄덕여 줄 만한 관계는 아니었다.

"하아…… 무슨 말도 안 되는 꿈을 꾼 거야, 난."

꿈속에서는 그렇게 흥분했었는데, 막상 눈을 뜨고 나자 말로 형용할 수 없는 죄책감이 밀려왔다……. 꿈이라고는 해도 세 사람의 소중한 부분을 대놓고 봐버린 데다 만지기까지 하고…… 더 굉장한 것도 조금 해 버렸고.

"……음?"

조금도 잊혀지지 않는 꿈의 내용을 떠올리고 있는데, 방 밖에서부터 거인의 발소리 같은 것이 들려왔다……. 설마 이건.

쿵쿵 울리는 발소리가 방 앞에서 멈추더니, 노크도 없이 문이 열렸다—— 그리고 모습을 드러낸 것은, 작은 여마왕이었다.

"히익?!"

"너…… 아침부터 참 시끄럽네?"

무시무시한 목소리로 위압감을 내뿜는 우리 누나는, 그

대로 방에 들어와 내 곁으로 다가왔다……. 기분 탓인지는 몰라도 눈이 붉게 빛나고 있는 것처럼 보였다.

"저, 저기…… 누나?"

으득으득 손가락 관절을 꺾으며 누나가 내 앞에 섰다.

중학생으로 착각할 정도로 작은 체구인데도, 나로서는 아무리 지나도 이길 수 있는 그림이 떠오르지를 않았었다. 하지만 그건 옛날 이야기.

'지금의 나에게는 파트너가 있어……. 스마트폰만 손에 쥐면 내가 이긴 거나 다름없다!'

그 순간, 나는 스마트폰을 향해 손을 뻗었다……. 이겼다고, 분명 그렇게 생각했는데, 현실은 너무나도 비정했다.

"뭘 하려고?"

"어……떻게?"

분명 누나를 따돌릴 정도의 속도로 움직였다.

하지만 누나는 지금 내 앞에 서 있었다……. 몇 번이나 말하지만 누나는 나보다 작은 여성이다. 그런데 이 사람은, 어째서 이렇게 커 보이는 거지?

"동생은 누나를 이길 수 없어. 포기해, 카이── 아침부터 소란스럽게 한 벌을 받아들이도록 해."

"……어떻게 해도 안 돼?"

"안~돼♪"

이후 누나에 의해 다양한 방식으로 격의 차이라는 것을 경험했다.

"정말 너희들은 사이가 좋구나."

"남매니까 당연하지."

"미야코는 옛날부터 카이를 정말 잘 돌봐준다니까…… 정말 안심이야."

"나한테 맡겨, 아빠."

……언젠가 반드시 나는 이길 것이다.

밥을 먹으며 얄미운 표정을 짓고 있는 누나를 보며, 나는 그렇게 몇 번째인지 모를 다짐을 마음속에 새겼다.

"다녀오겠습니다~."

"다녀오겠습니다."

곧 누나와 함께 집을 나섰다.

아침에 그런 대화가 오간 지 얼마 되지 않았지만, 이렇게 함께 집을 나서는 것도 드물다고 하면 드문 일이었다.

"꽤 더워졌네."

"이제 곧 여름이니까."

"후후, 이렇게 보여도 기대하고 있어. 마츠리나 사이카랑 같이 수영장에 가기로 한 거."

"그렇게 기대돼?"

그렇게 묻자 누나는 당연하다는 듯 고개를 끄덕였다.

"카이가 친해진 여자아이라는 것도 있지만, 굉장히 좋은 애들이었으니까. 개인적으로도 더 친해지고 싶어."

"이미 충분히 친해진 것 같은데."

마츠리 일행이 우리 집에 왔을 때도 그랬지만, 그녀들의 수영복을 살 때도 누나는 옆에 있었고 굉장히 사이도 좋았다……. 그런 두 사람에게서도 누나 화제가 나왔고, 또 보고 싶다고 말했을 정도다.

"친해진 애들…… 사실 한 명 더 있다고 하면 놀랄 거야?"

"뭐라고?"

"아니야."

뭐, 하지만 머지않아 이야기하게 될지도 모른다.

"그럼 이쯤에서 헤어지자. 학교 잘 다녀와."

"누나도."

"그래."

누나와 헤어지고 혼자서 학교까지 가는 길을 걸어갔다.

"……조용하네."

혼자가 되면 조용해지는 것은 당연하지만, 아주 조금 외롭다는 생각이 들었다.

어쩌면 오랜만에 누나와 통학로를 걸어서 그런 걸까……. 아니, 부끄러워서 못 할 말인 데다 애초에 인정하고 싶지도 않다.

"……하아."

"왜 한숨을 쉬고 있어."

"우울해 보이네."

탁탁거리는 발소리가 들린 직후, 그런 목소리와 함께 등을 찰싹 맞았다.

"딱히 우울한 건 아닌데…… 둘 다 안녕."

"오냐."

"좋은 아침."

장난에 성공했다는 표정을 짓고 있는 친구들—— 아키라와 쇼고. 두 사람과 나란히 걷자 조금 외롭다고 생각했던 통학로가 시끌벅적해졌다.

"아키라는 요즘 축구는 어때?"

"부상 없이 열심히 연습하고 있어."

"쇼고는 오타쿠 활동 어때?"

"문제없지…… 하지만 좀 비싼 피규어를 사서 용돈이 빠듯해졌어."

아무래도 두 사람에게 나쁜 화제는 없는 것 같았다.

"두 사람한테 문제가 없다는 건 좋은 일이지."

"기쁜 말이긴 한데~."

"요즘 카이는 너무 신경을 써주는 것 같단 말이지."

그것은 아마 친하게 지내는 상대에게 뭔가 나쁜 일이 일어나진 않았을까 걱정하고 있기 때문일 것이다.

마츠리와 사이카, 에무는 물론이지만…… 나에게는 친구인 그들도 중요하니까 말이다.

"카이 너야말로 뭔가 곤란한 일은 없어?"

"딱히 없는데?"

"뭐야. 우리 셋 다 곤란한 일은 아무것도 없네."

"곤란한 일이 없는 건 좋은 일이지."

"그건 그렇지."

히죽히죽 셋이 함께 웃으며 걸음을 재개했다.

그 후 학교에 도착하고, 교실에 도착한 뒤에도 우리 세 사람의 대화는 계속되었다. 하지만 아키라와 쇼고는 학교에 오는 길부터 화장실을 참고 있었는지 금세 교실을 나가 버렸다.

"대체 왜 참고 있었던 거야."

"뭐가?"

"윽?!"

덜컹, 나도 모르게 몸이 뒤로 젖혀졌다.

친구 2명을 향한 태클을 날리자마자 갑자기 귓가에 사람 목소리가 들리면 놀랄 수밖에…… 어?!

"으악?!"

"아, 위험해!"

생각보다 힘있게 몸이 뒤로 젖혀진 모양인지, 비스듬하게 유지되고 있던 의자가 그대로 쓰러질 듯 기울었다. 나는 한심한 비명을 질렀고…… 곧이어 부드러운 탄력감에 안면이 푹 감싸였다.

"으븝?!"

무엇에 감싸였는지…… 그것이 무엇인지 나는 알았다. 이것은 가슴이었다.

"후우…… 위험했다…… 아."

나를 끌어안은 그 사람도 상황을 이해한 모양이었다.

머리 뒤로 둘러져 있던 팔이 천천히 풀렸고, 얼굴을 감싸고 있던 탄력도 천천히 떨어졌다……. 올려다본 곳에는, 아주 살짝 뺨을 물들인 마츠리가 서 있었다.

"마, 마츠리…… 고마워."

"아, 아니! 안 넘어져서 다행이다!"

수줍어하면서도 웃는 얼굴로 그렇게 말해 준 마츠리.

다만 이런 식으로 그녀를 지켜보고 있으니, 꿈에서 이런 저런 일을 신나게 했던 것이 떠올라서 금세 뺨이 뜨거워졌다.

"왜 그래?"

"아니…… 아무것도 아니야."

"수상한데? 하지만 괜찮아, 여기 앉을 거니까♪"

앞자리 의자를 빌려 마츠리가 자리에 앉았다.

나를 바라본 채 턱을 괴고 있는 그녀는 정말로 기분이 좋아 보이는데…… 무슨 일이 있었던 걸까.

"저기, 마츠리."

"왜?"

"오늘 기분 좋아보이네?"

"……윽!"

기분이 좋아보인다고, 그렇게 말한 순간 마츠리는 얼굴을 붉혔다.

만화적으로 표현하자면 퍼엉, 하고 머리에서 연기가 나지 않았을까 싶은 느낌으로 얼굴이 붉어졌다.

"그…… 말할 수 없다면 안 해도 괜찮아."

"으, 응…… 미안해. 좀 부끄러운 일이라서."

이건 점심시간에 파트너가 나설 일이겠구나 생각하며 남몰래 히죽히죽 웃는 나……. 이거야말로 악당의 소행이라는 거다. 알겠냐, 마츠리? 나에게는 숨기는 일 따위 절대 만들 수 없다는 걸 다시 한번 일깨워 주마!

"……."

"……응?"

"윽……."

시선을 다른 곳으로 돌려도, 빤히 응시하는 것 같은 감각이 달라붙었다.

물론 그 시선의 주인은 마츠리였지만, 그녀와 또 눈이 마주치면 곧바로 시선을 피해 버린다……. 어, 뭐야 이 달콤쌉싸름한 반응은…… 엄청나게 신경 쓰이는데?!

"나, 난 잠깐 친구들한테 가볼게!"

"아, 응……."

그렇게 말한 마츠리는 쏜살같이 가버렸다. 그 뒤에도 몇 번씩 힐끔힐끔 이쪽을 돌아보는 것을 보면 분명 무슨 일이 있는 것이 확실하다……!

'설마…… 또 마츠리한테 무슨 일이라도 생긴 건가?'

그런 불안을 느꼈지만, 나쁜 일이라면 저런 반응은 보이지 않을 것이다……. 게다가 어제는 평범하게 대화하기도 했고, 이상한 점은 아무것도 없었다. 그런 만큼 더더욱 저 반응을 이해할 수 없었다.

"……뭐, 점심시간이 되면 알 수 있겠지."

이렇게 된 이상 얼른 점심시간이 오면 좋겠다. 사람은 조종할 수 있어도 시간을 조종할 수는 없다는 것이 유일한 아쉬움이었다.

"나도 화장실에 다녀올까."

아키라와 쇼고가 돌아왔고, 교대하듯 나도 교실을 나갔다.

곧장 화장실에 가서 볼일을 마치고 교실로 돌아오는 길에 복도를 걸어가는 사이카를 발견했다.

"……아, 좋은 아침, 카이."

"좋은 아침, 사이카."

이렇게 아침 인사를 나누는 것도 평소와 똑같았다. 하지만 역시 오늘의 나는 마츠리 때처럼 꿈에 관한 일이 떠올라서 사이카를 똑바로 쳐다볼 수가 없었다……. 돌려 말하자면 그만큼 그녀들을 의식해 버릴 정도로 과격한 일을, 꿈속에서 해 버렸다는 뜻이기도 했다.

"……후우."

가볍게 심호흡을 해서 마음을 가라앉히자…… 좋아!

"미안해, 사이카. 딱히 아무 일도——."

"미, 미안해……!"

"……엥?"

황급히 나에게서 시선을 뗀 사이카는 그대로 교실로 들어가버렸다.

마츠리와 똑같이 시선이 마주친 순간 순식간에 얼굴을

붉힌 사이카를 보고 나는 고개를 갸우뚱했다……. 왜 저러는 거지?

반응으로 봐서는 딱히 싫어하는 느낌은 아닌데, 애초에 사이카도 마츠리와 마찬가지로 어제는 평범하게 대화했었고…… 아, 진짜 하나도 모르겠다!

"이거…… 마츠리와 사이카뿐만 아니라, 에무도 같은 반응인 건 아니겠지?"

파트너를 통해 도와주고 그 일을 계기로 친해졌다는 공통점을 가진 사람들 중 남은 것은 후배인 에무뿐인데, 에무는 학년이 달라 확인할 방법이 없었다.

하지만 아직 아침 조회가 시작되기 전까지 시간이 있었다. 시험 삼아 잠깐 이야기를 할 수 있을까 싶어 에무에게 메시지를 날리자 곧바로 답장이 돌아왔다.

『괜찮아요. 계단참 쪽으로 갈게요』

"……대답은 평범하네."

바로 답장이 와서 다행이었다. 무엇보다 이유도 묻지 않고 응해 줄 정도로 신뢰해 주고 있다는 것이 무척 기뻤다.

"아, 카이 선배. 안녕하세요."

2층으로 이어지는 계단참으로 내려가자 그곳에는 벌써 에무가 와 있었다.

"안녕, 에무. 미안, 갑자기 불러내서."

"아니요. 전혀 상관없어요."

얼음 여왕이라 불리며 많은 남자를 차버렸던 그 에무가

이렇게 미소를 짓고 있는 것도 대단한 일이었지만, 그 미소의 상대가 나라는 것도 묘한 우월감을 느끼게 했다.

"……그, 딱히 볼일이 있었던 건 아닌데."

"그런가요?"

"응…… 잠깐 얘길 좀 나누고 싶어서."

"후후, 대화하고 싶어서 부른 건가요? 귀여운 이유네요."

몸 뒤로 손을 맞잡고, 올려다보는 듯한 자세로 에무가 다가왔다.

함박웃음이 아닌 입꼬리만 살짝 올라간 그 미소에는 그녀의 쿨한 이미지가 살짝 남아 있었다. 파괴력이 상당했다.

"……에무는 평소랑 똑같네."

"네?"

"에무는 평소랑 똑같다고 생각했어."

"??"

진심으로 무슨 말인지 모르겠다는 얼굴로 에무는 고개를 갸우뚱했다.

그 모습이 평소의 그녀와 조금도 다르지 않아서, 지금의 나는 그 모습에 크게 안심했다. 이렇게 되면 역시 마츠리와 사이카의 반응이 신경이 쓰였다.

"아아, 이렇게 위에서 시선을 받으니 나도 모르게 기고 싶어……."

"뭐라고 했어?"

"아무것도 아니에요♪"

날 올려다보는 에무의 눈동자에서 야릇한 색을 본 기분이 들었지만, 그 후에도 가벼운 대화만을 나누고 교실로 돌아왔다.

교실로 돌아갈 때에도 마츠리가 또 한 번 시선을 돌려 피하는 것이 보였다. 그리고 시간이 흘러 애타게 기다렸던 점심시간이 왔다.

"좋아, 왔구나, 세 사람 다."

점심식사를 마친 후, 평소와 같이 최면 상태인 그녀들이 찾아왔다.

이미 여러 번 사용하고 있는 예약 최면의 힘은 보이는 그대로였지만, 조종하는 시간마저 내 마음대로 할 수 있는 이 힘은 너무나도 사기적이었다.

세 명에게 손짓해 다가오라고 하고, 평소처럼 끌어안았다.

마츠리, 사이카, 에무의 부드러운 몸을 만끽한 후, 반나절의 피로를 풀기 위해 평소의 포메이션을 부탁했다.

"아~ 극락이다."

마츠리에게 등을 기대고, 양 사이드에서 사이카와 에무에게 포옹을 받았다.

이것이 내가 만들어낸 궁극의 포메이션, 몇 번을 계속해도 전혀 질리지 않는 최강의 진형이었다.

"자, 그럼 늘 하던 걸 해 볼까—— 마츠리."

"왜?"

"그 전남친이랑은 별일 없었어?"

"응, 문제없어."

그럼 다행이다. 고개를 끄덕이고, 다음으로는 사이카.

"사이카 쪽은 괜찮아? 아빠랑 다툼 같은 건 없었어?"

"응, 전혀 없었어. 걱정 마, 카이."

사이카도 괜찮았다.

그렇다면 마지막은 에무다.

"에무 쪽은 어때? 또 스토킹 당하지는 않았고?"

"전혀 없어요. 감사합니다, 카이 선배."

세 사람 모두 여전히 아무 일도 없는 것 같아 안심했다.

만일 무슨 일이 있다고 해도 그녀들은 파트너의 힘에 저항할 수 없다.

여러 번 하는 말이지만, 지금 그녀들의 말은 모두 진실이었으니 괜찮다고 하면 괜찮은 것이었다.

"……맞다, 잊고 있었네."

행복한 시간을 보내느라 중요한 것을 잊고 있었다.

아침에 본 마츠리와 사이카의 모습에 대해서. 그 반응은 대체 무엇이었는지 나는 알아내야만 했다.

세 사람과 잠시 떨어진 다음 마주보았다.

"에무는 일단 그렇다 치고…… 마츠리랑 사이카."

"왜?"

"왜 그래?"

"아침에도 그렇고, 오늘 두 사람 뭔가 이상하지 않았어? 왜 그렇게 얼굴을 붉히고 나한테서 시선을 피한 거야?"

자, 나한테 거짓말은 안 통한다고? 전부 다 털어놓는 거야!

지금의 나는 악당 뺨치는 미소를 짓고 있지 않을까…….

이야기를 들을 준비를 하고 그녀들을 보고 있는데, 마츠리와 사이카의 얼굴이 펑 소리가 나지 않을까 싶을 정도로 붉어졌다.

"……어?"

마치 아침의 일을 재현하듯 얼굴을 붉히는 두 사람.

나도 모르게 두 사람에게서 에무에게로 시선을 옮겼는데, 그녀도 눈을 살짝 동그랗게 뜨고 있었다. 그 광경이 조금 재미있긴 했지만…… 사정은 확실하게 들어봐야지!

"얘기해 줘. 왜 그렇게 얼굴을 붉힌 거야?"

그렇게 물어본 내 질문에 마츠리와 사이카는 저항하지 않았다.

"꿈을 꿨어……. 그, 카이랑 야한 일을 하는 꿈."

"나도 마찬가지야……. 카이의 부탁에 응하고 싶어서, 가슴으로 잔뜩 봉사해 준 꿈."

"……허?"

순간적으로 나는 그녀들이 무슨 말을 하는지 이해하지 못했다.

하지만 천천히 그 말을 곱씹는 사이 이해했고, 이번에는 내가 패닉에 빠지면서 얼굴을 붉혔다.

"어, 어째서…… 어?!"

잠깐…… 잠깐잠깐잠깐!

나랑 야한 짓을 하는 꿈?! 가슴으로 봉사한 꿈?! 그거 다 내가 꿈속에서 두 사람한테 한 짓이잖아?!

"……."

아무 말도 나오지 않았다. 혹시 내가 꾼 꿈을 그녀들도 공유하고 있었다는 건가?! 아니아니, 그런 말도 안 되는 일이 있을 리가 없잖아!

"……크흠."

일단 진정해…… 진정하자, 카이.

스읍, 후우 하고 심호흡을 반복하며 어떻게든 마음을 가라앉혔다. 하지만 그때 문득 떠오른 것은, 에무는 어떤가 하는 점이었다.

'내가 꾼 꿈에선── 마츠리의 몸을 여기저기 핥고, 사이카에게는 그 풍만한 가슴으로 이것저것 시키고…… 그리고 에무에게는, 그녀가 M이라는 걸 이용해 정말 온갖 명령을 내렸어.'

꿈속의 나는 그 정도로 흥분해 있었다.

"저기, 에무."

"네."

"너는…… 어떤 꿈을 꿨어?"

"카이 선배…… 주인님께 민망한 포즈를 요구받거나, 밟히기도 하고 발을 핥기도 하고, 그야말로 환상적인 꿈이었어요♡"

저, 전부 맞혔다고……?!

전율하는 나를 내버려둔 채 에무는 계속 말을 이었다.

“저에게 주인님이 나오는 꿈은 행복 그 자체였습니다. 그래서 부끄럽다는 감정보다는 오히려 더 해 줬으면 하는 욕망이……!”

“아, 알았으니까 진정해! 최면 상태니까 조금 더 자아를 억눌러줄 수 없을까?!”

“이제 와서요?!”

“태클까지 넣지 마!”

이상하다……. 나는 분명 힐링을 원했는데, 왜 이렇게 거칠게 숨을 몰아쉴 정도로 피곤해진 걸까.

“카이, 피곤해?”

“응…….”

“그럼 가슴으로 위로해 줄게.”

“흐아아~.”

얼굴은 뜨겁고 심장은 시끄럽고, 아직도 모든 상황을 제대로 이해할 수 없었다.

하지만 이 풍만한 언덕 앞에서는, 그런 것은 자잘한 고민에 지나지 않는다는 것을 깨달았다.

신경 써도 어쩔 수 없겠지. 그런 걸 신경 쓸 바에야 눈앞의 편안한 현실에 몸을 던지는 게 좋지 않을까. 그런 마음이 들었다.

“부끄러웠어…… 정말. 하지만 우리는 모두 카이를 싫어하지 않으니까.”

“확실히 부끄러웠지만…… 싫지 않았어.”

“그 부분만은 안심하세요. 그러니까 카이 선배, 앞으로도 그런 꿈을 꾸면 더한 요구사항이나 명령도 언제든 환영이에요!”

“아, 응.”

마츠리와 사이카의 말에 안심하고, 달려드는 에무의 말에는 쓴웃음이 나왔다.

하지만 그래…… 그런 식으로 생각해 준다면 안심이었다. 어쩌면 이렇게 생각해 주는 것도 내가 그녀들을 도와주고, 그것이 계기가 되어 사이가 가까워진 것이 좋은 방향으로 움직여준 덕분이 아닐까.

“하지만…… 그 검은색 실은 정말 뭐였을까.”

“그러게.”

“불쾌했어……. 카이에게 상처를 주려는 의도가 느껴졌어.”

“실로 묶이는 것도 로망이지만, 그건 좀 싫을 것 같아요.”

에무의 핀트 나간 답변은 이제 무시하기로 하자. 마츠리 일행도 그 검은색 실에 관한 것을 기억하고 있는 모양이었다.

“……너희가 도와줬으니 지금은 괜찮을 것 같아. 그것보다 모처럼 이렇게 모였고, 아직 시간도 남았으니까 좀 더 모두를 만끽하게 해 줘!”

여러모로 신경 쓰이는 것은 많았지만, 어차피 꿈은 꿈이다……. 그렇게 생각하면서 세 사람에게 어리광을 부렸지만, 머릿속 한편에서는 그 검은색 실은 뭐였을까 하는 생각이 떠나지 않았다.

점심시간이 끝나기 직전까지 3명과 알콩달콩한 시간을 보내고, 교실에 돌아온 다음 다시 한번 스마트폰을 켜서 관계도를 열어보았다.

"……혹시나 했는데."

관계도를 열어본 것은 며칠 만이었지만 확실한 변화가 있었다.

내 이름 옆에 있는 마츠리와 사이카, 그리고 에무의 이름이 조금 더 가면 달라붙지 않을까 싶을 정도로 가까워졌다. 게다가 그녀들에게서 뻗어나온 분홍색 실이 여전히 나를 보호하듯이 검은색 실을 계속 튕겨내고 있었다.

"검은색 실은 안 좋은 감정이고, 분홍색 실은 그녀들이 나에게 느끼는 좋은 감정이라는 건 알겠어."

최면 상태일 때는 물론이고 평소에도 사이좋게 지내고 있다……. 그렇기 때문에 최면 앱을 통해 엮인 인연이 작용해서 꿈속에서 나를 도와 준 거겠지.

"앗, 벌써 시간이 이렇게?!"

시간을 보고 깜짝 놀란 나는 곧바로 교실로 돌아갔다.

파트너를 손에 넣은지 어느 정도 시간이 지났지만, 아직 모르는 것은 많았다. 그래도 지금까지와 변함없이 나는 내 욕망에 따라 나갈 것이다!

그러니까 파트너, 앞으로도 잘 부탁한다고!

좀 더 내가 여자애들과 알콩달콩한 시간을 보낼 수 있게 해 줘!

나뿐만 아니라 모두가 같은 꿈을 꾼다는 기적…… 어떤 의미에서는 악몽 비슷한 꿈을 꾼 날로부터 며칠이 지났다.

최면 상태의 마츠리 일행은 솔직하게 이야기해 주었지만, 그렇다고 해서 맨정신인 마츠리 일행에게 그 일에 대해 물어볼 수는 없었다……. 하지만 다행히 그 일이 크게 문제가 되지는 않았다.

"……."

아침 식사를 마친 후 세면대에서 이를 닦으며, 문득 나는 생각했다.

"최면이라는 건…… 나한테 걸 수도 있는 건가?"

될 리가 없겠지 생각하면서도, 나는 가벼운 마음으로 거울에 비친 날 바라보며 파트너의 힘을 행사했다.

"음…… 오늘 하루 엄청난 미남처럼 지내봐!"

아니, 역시 마츠리의 전남친에게 했던 것처럼 알몸으로 달리기 같은 건 명령하고 싶지 않았다.

그렇게 되면 이런 무난한…… 무난한가? 어쨌든 이런 명령이 별탈 없이 끝날 것 같아 그나마 안심이었다.

"……."

거울에 비친 자신을 향해 파트너를 썼지만 별다른 변화는 없었다.

"최면은…… 실행되고 있는데."

마츠리 일행에게 사용한 것과 같은 방법으로 파트너는 발동하고 있었다. 하지만 내가 이렇게 제정신을 유지하고 있는 것을 보면 불가능한 모양이다. 역시 파트너처럼 상식 밖의 힘이라 해도 자신에게 최면을 거는 바보 같은 짓은 무리인가 보다.

"뭐, 됐어. 학교에…… 읏!"

어라……?

그렇게 생각한 순간, 이상한 감각이 들었다……. 마치 세계와 분리된 것 같은, 지면에 발이 닿지 않는 것 같은 감각에 휩싸인 것이다.

"후, 가볼까."

그런 감각 속에서 귀에 들려온 것은 내 목소리였다.

하지만 정말 내 목소리인가 하고 깜짝 놀랄 정도로 당당했고, 손가락이 오그라들 것 같았다. 그리고 그런 생각과 함께 시야가 암전되었다.

▶▷

"저기, 마츠리. 너 이제 괜찮아?"

"어? 뭐가?"

"왜, 저번부터 엄청 안절부절못했잖아?"

"……아~ 그거 말이지."

친구—— 리이의 말에 나는 어색한 쓴웃음을 지었다.

그녀가 말한 안절부절못했다는 날은 바로 카이와 달콤한 행위를 했던 꿈을 꾼 날이었다.

그날은 꿈이라는 걸 알고 있었음에도, 카이를 눈앞에 둔 순간 꿈에서 했던 일이 떠올라서 평소처럼 그를 대할 수 없었다.

'설마 사이카랑 에무까지 같은 꿈을 꿨다니…….'

사실 사이카와 에무한테도 이야기를 들었다.

꿈속의 카이는 굉장히 적극적이고, 현실에서는 할 수 없을 법한(딱히 당해도 허락해 줄 것 같지만) 부끄러운 일을 많이 해 주었다. 우리도 카이의 요청을 듣고 그가 기뻐했으면 하는 바람으로 기꺼이 해 주었다.

"에헤헤……."

"진짜 이상해졌네."

그치만그치만!

카이는 엄청나게 다정하고, 나를 도와준 은인인 데다…… 사이카나 에무까지 구해 준 사람이잖아?

게다가 내가…… 엄청 신경 쓰이는 사람이기도 하고?!

그런 사람이 꿈속이라고는 해도 그렇게 대담하게 가슴을 만지거나 빨아주면 두근거릴 수밖에 없잖아?!

도와주던 멋진 모습과는 달리 욕망에 못 이겨 헤실거리는 얼굴을 하는 것도 귀엽고, 그런 와중에도 상대를 배려하는 걸 잊지 않는 모습도 두근거리고!

"……정말 너무 멋져."

"대체 뭐가."

"시끄러워."

"너무한 거 아냐?"

귀여운 양 갈래 머리를 흔들며 리이가 불평했지만, 남이 행복한 망상을 하고 있을 때 끼어드는 것은 무례한 짓이라고 생각한다.

그건 그렇고 오늘은…… 카이가 늦네.

평소에는 조금 더 일찍 학교에 오는데, 오늘은 내가 학교에서 가장 만나고 싶은 사람은 아직 오지 않았다…….

혹시 무슨 일이라도 있는 걸까?

"하아……."

"이번에는 한숨까지……. 자꾸 그렇게 무시하면 그 왕가슴 만져버린다?"

"……하아."

"괜찮아?! 만져도 불평하지 마?!"

이 우울한 마음 앞에서 그 정도는 용서할 수 있을 것 같았다.

리이가 가슴을 만져 왔지만, 나는 딱히 신경 쓰지 않고 교실 입구에 시선을 고정했다……. 그리고 얼마 지나지 않아 카이가 나타났다.

"아……."

나도 모르게 목소리를 낼 정도로, 나는 그를 애타게 기다리고 있었다.

그저 대화를 하는 것만으로도 즐겁고, 곁에 있는 것만으로도 안심이 되는 그의 등장에 벌떡 일어났지만…… 나는 고개를 갸우뚱했다.

"……?"

교실에 들어온 것은 틀림없는 카이였다.

어깨에 가방을 걸고 들어오는 그 모습도 평소와 같다……. 하지만, 뭔가 다른 느낌이 든다……. 이 위화감은 뭐지?

"무카이랑 엔도…… 왜 저러지?"

카이의 절친인 무카이와 엔도가, 묘하게 미심쩍은 표정으로 카이를 바라보더니 거리를 벌린다……. 그 이유도 궁금해진 나는 우선은 무카이 일행 쪽으로 향했다.

"무카이, 엔도, 좋은 아침."

"좋은 아침, 아이사카."

"조, 좋은 아침……."

두 사람의 상태가 이상한 것은 분명 카이가 원인인 것 같았다.

"카이한테 무슨 일 있어?"

"아니…… 무슨 일이라면, 무슨 일이 있긴 했지."

"더는 모르겠어…… 잘 모르겠어, 난."

"??"

궁금하면 대화해 보라는 말을 듣고, 원래부터 그럴 생각이었던 나는 고개를 끄덕였다.

가방에서 교과서를 꺼내고 있는 카이에게 다가가 말을 걸었다.

"카이…… 좋은 아침?"

"아, 좋은 아침, 마츠리."

"윽?!"

조심스럽게 말을 건네자, 카이는 생긋 웃으며 인사를 돌려주었다.

앞니가 보일 정도로 환하고 예쁜 미소. 그뿐만이 아니다. 마치 카이 주위로 별들이 반짝이는 것처럼 보였다……. 뭐야, 이 순정 만화 연출에서 나올 것 같은 미남 오라는?!

"마츠리? 무슨 일 있어?"

"어?! 아, 아니, 아무것도…… 그것보다 카이?"

"뭐지?"

"뭔가…… 이상한데?"

갑자기 이상하다고 말하는 건 실례잖아!

무례한 말을 했다고 생각해 사과하려 했지만, 카이는 키득키득 웃기만 할 뿐 불쾌하다는 반응은 보이지 않았다.

"마츠리 같은 귀여운 애가 앞에 있으면 이상해질 만하지. 만약 단둘이었다면 나도 모르게 손을 대고 싶었을 정도로 매력적인 여자니까."

"카, 카이……?!"

아니, 아니, 아니!

무조건 이상하잖아, 이거! 카이가 이런 말을 할 리가……

아니, 해 주면 물론 기쁘긴 하겠지만, 적어도 평소의 카이가 이런 말을 할 리는 없잖아!

“얼굴이 붉은데…… 무슨 일이지? 감기인가?”

“히익……?! 그, 저기…….”

달아오른 뺨에 서늘한 카이의 손이 닿았다.

주위의 목소리는 전혀 들리지 않을 정도로 내 시선은 카이에게 고정되었다. 더는 그의 목소리밖에 들리지 않았다.

“혹시…… 부끄러워하는 건가?”

“그, 그야…… 부끄럽지, 당연히.”

“그건 미안해. 하지만 난 네가 수줍어하는 모습도 귀엽고, 평소의 기운 넘치는 모습도 좋아해.”

“?!”

“평소에도 그렇지만, 그런 모습을 독점하고 싶다고 생각하는 건…… 내 욕심이겠지?”

“?!?!”

이런 대사…… 평소였다면 웃으며 넘길 수 있었을 것이다.

하지만 상대가 카이였기 때문일까. 그 대사들은 내 마음속에 사정없이 파고들었고, 다리에서 힘이 빠진 나는 그대로 바닥에 주저앉았다.

‘어어어어어떻게 된 거야아아아아아아?!’

이런 건 카이가 아니야!

그렇게 말하고 싶은 마음은 굴뚝 같았지만, 그래도 이건 누가 봐도 카이였다……. 무슨 일이 일어나고 있는지 전혀 이해가 가지 않았다. 확실히 이런 모습이라면 무카이 일행이 그런 반응을 보인 것도 이해가 갔다.

"미, 미안해! 괜찮아!"

"그런가……. 무슨 일이 있으면 언제든 말해 줘. 너에게 힘이 되고 싶으니까."

"으, 응……!"

오라가…… 미남 오라가 너무 강해!

그저 말뿐인 것도 아니었다. 결코 장난스러운 분위기 없이, 한없이 진지한 그 마음이 전해져서 더더욱 두근거렸다.

"그, 그럼…… 방과 후에 외출하지 않을래?"

"좋아. 마츠리를 위해 일정을 비워둘게."

"고마워!"

정신없는 틈을 타 약속을 받아낸 것에 속으로 승리의 포즈를 취했다.

그리고 나는 일단 카이에게서 떨어졌지만, 역시 오늘의 카이가 이상하다는 점에는 변함이 없었다. 무슨 일이 생기면 나도 카이를 도와줄 수 있게 제대로 감시해야지……!

"무슨 일인데?"

"아무 일도 없었어."

"누가 봐도 무슨 일 있었잖아?"

"시끄러워, 리이."

이리하여, 카이를 관찰하는 겸 감시하는 하루가 시작되었다.

▶▷

그날의 카이는 너무나 이질적인 존재였다.

마츠리와의 대화는 물론이고, 그 이후의 시간에서도 그 이질성은 가감없이 발휘되었다.

우선 1교시 수학 시간.

"그럼 이 문제를 마사키, 나와서 풀어봐라."

"알겠습니다."

그것은 무척 당당한 목소리였다.

보통 수업 중에 누가 교사에게 지목되든 그것을 신경 쓰는 학생은 거의 없었다. 그러니 카이가 자리에서 일어나도 별 반응은 없었다.

교사가 학생을 지목하고, 학생이 문제에 답하면 끝…… 그럴 터였다.

'카이…… 역시 대답도 전혀 달라.'

'저 녀석…… 진짜 무슨 일이 있었던 거야?'

'폼을 잡는…… 것치고는 이상하단 말이지.'

반 안에서 카이의 이변을 눈치챈 마츠리, 아키라, 쇼고 세 사람은 칠판으로 향하는 카이를 주의 깊게 바라보았다. 정작 카이는 당연하게도 그런 시선이 향하고 있다는 것을 깨닫지 못했다.

칠판 앞에 선 카이는 문제를 술술 풀어나갔다.

그 문제는 오늘 막 배운 것이기는 했지만, 제대로 푼 것을 보고 교사는 흡족한 표정을 지었다.

“완벽한 답이야. 오늘 막 배운 건데 공식도 잘 적용했구나.”

“선생님의 가르침 덕분입니다. 선생님이라는 훌륭한 교육자를 만난 것이 제게 더없는 행복입니다.”

“마사키…… 너……!”

교사는 감동한 얼굴로 카이의 머리를 쓰다듬었다.

그것은 교사와 학생의 감동적인 순간이라 할 수 있는 장면이었다. 반 아이들은 흐뭇한 얼굴로 그것을 바라보……지 않았다. 닭살 돋는 대사를 내뱉은 카이를 다들 얼이 나간 표정으로 바라보고 있었다.

“뭐야……? 지금…….”

“마사키가 저런 녀석이었나?”

“아이사카랑 친해지고 이상해진 건가…… 부러운 녀석!”

카이에 대한 실례되는 말이 오갔지만, 도를 넘어서는 말은 없었다.

그렇게 펼쳐진 카이와 교사의 대화는 아직도 계속되려는 것처럼 보였다.

“그럼 이 문제는 풀 수 있겠니? 모르는 부분이 있으면 물어보렴. 같이 풀어보자.”

“아니요, 혼자서도 괜찮습니다. 말씀드렸잖아요. 선생님의 가르침 덕분이라고. 자, 이 답이 맞을까요?”

“오, 정답이다! 야아, 무슨 일이야? 마사키, 오늘 뭔가 좀 다른데?"

"아하하. 몇 번이나 말하게 하시는 건가요? 선생님의 가르침 덕분이죠."

"이번 학기 수학 성적, 기대하고 있으마!"

선생님, 너무 쉽게 넘어가는 거 아니야? 학생들의 마음은 그렇게 일치했다.

비록 별다른 교류가 없는 반 친구라고 해도, 오늘의 카이가 이상하다는 것은 깨달은 것 같았다.

교사에게 아첨하는 것처럼 보일 수도 있지만, 그뿐만은 아니었다. 카이에게 무슨 일이 일어났다고 생각할 수밖에 없는 모습이었다.

"후우, 무사히 풀었네. 앞으로도 더 정진해야겠어."

정작 본인은 이 모양이다. 반 아이들의 시선은 신경 쓰는 기색조차 없다.

문제를 푼 것에 대해 자만하지도 않고, 아직도 더 열심히 해야겠다며 향상심을 보이는 그 모습에 교사는 또 감동한 얼굴로 눈물을 줄줄 흘렸다.

그런 수업 풍경이 있고 나서, 쉬는 시간이 되었다.

교사가 나가고 교실이 소란스러워진 것과 동시에, 카이는 화장실로 향하기 위해 복도로 나왔다.

그리고 그 화장실에서 돌아오는 길, 카이에게 말을 거는 존재가 있었다.

"카이."

"응? 사이카인가?"
"응…… 응?"
카이의 모습에 사이카도 마츠리와 마찬가지로 고개를 갸우뚱했다.
역시 카이에 대해 가깝게 아는 이들일수록 그 변화를 빠르게 눈치채는 것 같았다.
"그렇게 빤히 쳐다보고, 무슨 일이야? 사이카 같은 미녀의 시선을 받는 건 싫지 않지만, 조금 부끄럽네."
"저, 저기……."
무표정이 디폴트인 사이카라 해도 카이를 앞에 두면 비교적 표정이 풍부해진다. 게다가 정면에서 대놓고 미녀라는 말을 듣자 사이카는 얼굴을 붉히며 수줍어했다.
그런 사이카의 수줍은 얼굴을 본 탓인지, 카이는 문득 팔짱을 꼈다.
"카이?"
"음……."
볼을 붉힌 채 당황스러운 표정을 짓는 사이카.
그런 사이카를 바라보며 카이는 잠시 생각에 잠기더니 흐음, 하고 홀로 납득한 얼굴로 입을 열었다.
"마츠리와의 대화에서도 느낀 거지만…… 이래서는 미남이라기보단 단순히 폼만 잡는 것
같군. 하핫, 깨닫는 게 좀 늦어버렸어."
"저기…… 정말 무슨 일이야?"

“아니, 아무것도 아니야. 불러세워서 미안했어……. 나중에 다시 말을 걸 테니 얘기 나눠 주면 좋겠어.”

“어? 아, 응…… 언제든지 불러줘. 물론 나도 카이를 부를게……. 대화하고 싶고 같이 있고 싶으니까.”

“그래, 고마워.”

“응…….”

사이카에게 다음에 보자는 인사를 남기고 카이는 교실로 돌아왔다.

카이의 이런 비정상적인 변화에 관해서는 이미 답이 나와 있었다. 바로 카이가 스스로에게 걸었던 미남답게 지내라는 최면 때문이었다.

과연 이것이 미남다운 행동인지는 모르겠지만, 지금까지의 반응으로 봤을 땐 적어도 마츠리와 사이카는 이상하게 여기면서도 싫어하지는 않는 것 같았다.

“좋아, 다음 수업도 열심히 들어야겠군.”

교실로 돌아온 카이를 바라보는 시선은 여전히 많았다. 그만큼 오늘의 카이는 주목을 받는 존재라는 뜻이었다.

그 후의 수업에서는 특별히 카이가 지목되는 일이 없었기에 별다른 일 없이 시간은 흘러갔다……. 그리고 그런 카이가 제정신으로 돌아온 것은 점심을 다 먹고 난 직후였다.

▶▷

"……어?"

문득, 나는 그런 당황스러운 목소리를 냈다.

수중에 있는 것은 빈 도시락…… 무언가를 먹은 기억은 없지만, 아무리 봐도 엄마가 만들어 준 도시락은 텅 비어 있었다.

그리고 주위를 둘러보자 여기는…… 교실?

"……어라~?"

이상하다…… 난 분명 집에 있었는데?

집에서 거울을 보면서…… 어? 내가 뭘 하려고 했더라? 아니, 그게 아니라 왜 집에 있어야 하는 내가 학교에 있고, 게다가 벌써 점심시간이 돼 있는 거지?

"……??"

뭐야, 무서워.

도저히 가만히 있을 수 없었던 나는 교실을 나와 복도를 걸었다.

"대체…… 대체 무슨 일이 일어난 거지?"

순간적으로 스마트폰을 꺼내자 어째서인지 배터리도 다 닳아 있었다.

어쩌면 악몽을 꾸고 있는 것인지도 모른다는 생각에 정처없이 계속 걷다보니 어느새 2층으로 내려와 있었다.

"어? 카이 선배?"

"에무?"

계단참에 마침 에무가 서 있었다.

그러고 보니 얼마 전에도 여기로 그녀를 불렀었지 하는 생각이 들었다. 이렇게 에무와 마주보고 있으니 조금 마음이 가라앉았다.

"무슨 일이에요?"

"아니, 에무야말로 무슨 일 있어?"

"특별한 일은 없어요. 저기서 친구와 잠시 대화를 하고 있었거든요."

"흐음……."

"그래서, 카이 선배는 정말 무슨 일이세요?"

"……아~."

어떻게 설명할까 잠시 고민했지만, 점점 뭐 어떻냐는 생각이 들었다.

아마 마음이 진정된 덕분이기도 하고, 연하인 에무에게 걱정을 끼치고 싶지 않다는 마음도 있었다.

"……후후."

"선배?"

"아, 미안. 에무의 얼굴을 보니 힘이 났어."

"……네?"

"아니아니, 뭔가 좀 멍했던 것 같아. 어쩌면 피곤해서 그런 걸지도 모르겠네……. 그래도 정말 에무의 얼굴을 보니까 힘이 났어, 고마워!"

"네, 네!"

활기찬 대답을 한 에무에게 등을 돌렸다.

'뭐가 뭔지 잘은 모르겠지만…… 지금 생각하니까 스마트폰 배터리가 없어서 예약 최면을 쓸 수가 없잖아!'

신경 써야 하는 문제는 달리 있을 텐데, 파트너의 힘으로 오붓한 시간을 보낼 수 없다는 것이 나에게는 가장 큰 문제였다.

점심시간에 마츠리 일행을 불러 그 탄력감을 즐긴다……. 그것이 하루의 즐거움이고, 그걸 위해 열심히 사는 거나 다름없는데!

"……하아, 어쩔 수 없겠……지?"

그러다가 문득 고개를 갸우뚱하며 걸음을 멈췄다.

지금 상황에 관해 모르는 것투성이에, 기억에 안개가 낀 것처럼 뿌연 상태였는데, 그 안개가 싹 걷히는 것처럼 순식간에 모든 일이 떠오른 것이다.

"아…… 아아아아아아아악!"

갑자기 소리를 지른 탓에 옆을 걸어가던 여학생이 놀란 얼굴로 거리를 벌리더니 허둥지둥 도망갔다.

실수했다는 생각에 머리를 감싸안았다. 분명 지금 그 일로 나는 그 아이에게 엄청나게 이상한 남학생으로 찍혔을 것이다.

"아니, 그런 건 아무래도…… 상관없지는 않지만 지금은 됐어……. 아무튼 나 자신에게 최면을 건 게 성공한 거 아닌가?"

떠올렸다고는 하지만 아침의 일뿐이었다.

내 기억이 남아 있는 것은 거울에 비친 자신에게 오늘 하루 미남답게 보내라는 명령을 한 것까지……. 그 이후의 기억이 없는 것과 스마트폰 배터리가 다 닳은 이유를 생각하면 자연스럽게 답이 도출되었다.

"……전혀 기억이 안 나."

두 번째 하는 말이지만, 떠오른 것은 자신에게 명령을 한 부분까지였고, 학교에 온 뒤의 일은 무엇 하나 기억나지 않았다……. 만약 최면 상태의 내가 교실에서 이상한 짓이라도 했으면 어쩌지?

그렇게 생각하자 두려움에 온몸이 떨렸다……. 윽, 교실로 돌아가는 게 무섭다, 진심으로.

"카이?"

"느으악?!"

툭, 어깨에 손을 얹은 누군가가 말을 걸어왔다.

생각에 빠져 있던 탓에 의미를 알 수 없는 비명이 터져 나왔다. 순간적으로 뒤를 돌아보자 그곳에 있던 것은 마츠리였다.

"마츠리……?"

"으, 응…… 카이, 괜찮아?"

이상한 비명을 질렀다는데도 마츠리는 순수하게 걱정해 주고 있었다.

그런 그녀의 걱정이 기쁘기도 했지만, 무엇보다 지금까지의 내 모습을 곧바로 듣고 싶었다.

"마츠리, 지금 시간 있어?"
"완전 있어."
"그럼 지금부터 같이 빈 교실로 가줄 수 있을까?"
"그건 상관없는데…… 둘이서?"
"응, 단둘이 가줬으면 좋겠어."
"아, 알았어!"
점심시간이 끝날 때까지 아직 시간은 넉넉했다.
마츠리를 데리고 걸을 때마다 유난히 시선이 꽂히는 것은 새삼스러운 일은 아니었지만, 마츠리와 함께 있는 것에 시선을 보낸다기보단 나에 대한 미심쩍은 시선이 대부분인 것 같았다……. 진짜로 무슨 일이 있었던 거야?!
"……다 왔다."
마츠리를 데리고 이제는 익숙한 빈 교실에 도착했다.
생각해 보면 이렇게 맨정신인 누군가를 이곳에 데려오는 것은 처음인가? 그것이 마츠리라는 사실에 약간 운명 비슷한 걸 느꼈지만…… 어쨌든 지금은 우선적으로 확인해야 할 것이 있었다!
"마츠리!"
"으, 응!"
답을 너무 원한 나머지 나도 모르게 마츠리의 어깨를 잡고 말았다.
그렇게까지 강하지는 않았지만, 놀란 마츠리의 어깨가 떨린 것을 보고 곧바로 손을 뗐다.

"미, 미안……."

"아니…… 괘, 괜찮아! 중요한 이야기……야?"

"응, 중요한 이야기…… 엄청나게 중요한 이야기야."

"……응. 들어볼게."

마츠리…… 역시 마츠리는 최고다!

묘하게 주위에 감도는 공기가 진지하지만, 응…… 나도 무슨 일이 있었는지 진지하게 알고 싶다. 그러니 이 공기는 이상한 것이 아니다.

"이렇게 묻는 것도 좀 이상하지만, 마츠리는 오늘 내 모습을 보고 있었어?"

"응, 계속 보고 있었어. 아침부터 쭉, 카이를 보고 있었어."

그렇게 말한 마츠리가 한 발짝 가까이 다가왔다.

잘 손질된 결 좋은 머리카락이 흔들리고, 은은하게 좋은 냄새가 풍겨오고, 이렇게 가까운 곳이기에 알 수 있는 가슴골까지……. 물론 꿈에서 그 전체를 본 것도 좋았고 만지는 것도 최고였지만…… 이렇게 확실히 교복에 들어간 것을 살짝 엿보는 것도 최고였다.

"……크흠!"

일단 잠깐 숨을 고른 나는 바로 질문을 던졌다.

"이상한 질문으로 들릴지도 모르지만…… 오늘 내 모습, 뭔가 좀 이상해 보였어?"

"……허?"

내 물음에 마츠리는 멍한 표정을 지었다.

"아, 아아, 그 말이었구나…… 아하하, 나도 참."

"마츠리?"

"미, 미안! 내가 너무 앞서갔나봐……. 잠깐, 그보다 카이, 원래대로 돌아왔네!"

그러더니 이번에는 마츠리가 내 어깨를 잡아왔다.

단순히 잡는 것뿐만이 아니다. 덜덜 움직일 정도로 강하게 흔들었다. 기억이 없었던 내 모습이 마츠리에게도 이상해 보였다는 것을 증명하는 반응…… 그보다 원래대로 돌아왔다고 말했지, 방금!

"그…… 어떤 느낌이었는지 알려줄 수 있을까?"

그렇게 학교에 온 뒤의 내 모습에 대해 듣게 되었다.

마츠리 입장에서는 영문을 알 수 없는 질문이었을 텐데, 마지막까지 다정하고 상세하게 알려주었고…… 그 결과, 나는 수치심으로 죽고 싶은 지경에 이르렀다.

"윽…… 뭐야, 그게…… 그런 건 내가 아니라고……!"

부끄러운 말이나 낯간지러운 말을 아무렇지도 않게 하고, 수업 중에는 선생님에게 아부를 넘어서서 느끼한 대사를 날리고, 어쨌든 평소의 나와는 동떨어진 언행이었다고 한다.

"하지만 싫지도 않았고, 선생님도 굉장히 기뻐하셨어!"

"……."

"반 애들은 놀라긴 했지만…… 그래도 결코 누군가를 불쾌하게 만든 건 아니니까 그 부분만은 안심해도 돼!"

"……응."

안심할 수 없다…… 안심할 수는 없지만, 마츠리가 위로해 줘서 기쁘다.

애초에 내가 뿌린 씨앗이고, 누구의 잘못이냐고 묻는다면 내 잘못이고……. 뭐, 누구에게 폐를 끼친 건 아니라고 하니 그 부분은 안심해도 될 것 같았다.

"저기…… 카이!"

"어……?!"

부드럽게 머리를 감싸안는가 싶더니, 곧 부드러운 감촉에 휩싸였다.

얼굴 전체가 뒤덮이고, 달콤한 향기와 기분 좋은 온기가 내 안에 있던 찜찜했던 마음을 씻겨주었다……. 아아, 그래── 이건 가슴이고, 평소처럼 느끼고 싶었지만 느낄 수 없었던 바로 그 감촉이다!

"분명 무슨 일이 있었던 거지? 하지만 괜찮아. 난 카이 편이야."

부드럽게 머리를 쓰다듬어주는 감각과 귓가에 속삭이는 부드러운 목소리에 강렬한 모성을 느낀 나는 더더욱 어리광을 부리고 싶은 기분이 들었다……. 지금의 마츠리는 최면 상태가 아닌데도 말이다.

"다른 사람한테는 이런 짓 안 해……. 카이니까. 카이의 도움을 받고 친해졌다는 사실을 더 소중히 여기고 싶어……. 그러니까 카이가 곤란할 때는 내가 이렇게 안아줄게."

"……마츠리, 너무 상냥하잖아."

"나만 그런 게 아니야. 사이카도 에무도 똑같아. 그리고 무카이나 엔도, 누나도 카이의 편이잖아?"

"하핫, 그러네…… 고마워."

아쉬움을 느끼면서도 얼굴을 떼고 마츠리와 함께 웃었다.

사실은 조금 더 마츠리의 가슴 감촉을 맛보고 싶었지만, 이 이상의 어리광은 그만두기로 했다. 하지만 이런 식으로 위로해 주는 여친이 있다면 인생이 정말 행복하겠지.

"응? 왜 그래?"

"……아니, 아무것도 아니야."

곧바로 시선을 돌려서 앞을 바라보았다.

마츠리 같은 여자가 여자친구가 되어준다면…… 그야말로 꿈에서 했던 일들도 현실의 그녀와 할 수 있을 것이고, 분명 실전도……. 하지만 나는 최악의 남자다. 마츠리뿐만 아니라 사이카나 에무의 얼굴까지 떠올랐고, 그 3명을 전부 여친으로 삼을 수 있다면 최고일 텐데, 라는 생각이 들고 말았다. ……뭐, 이게 악당다운 사고방식이겠지.

"그럼 돌아갈까!"

"으, 응!"

마츠리와 함께 마음을 다잡고 교실로 돌아갔다.

문이 열린 순간 무수한 시선이 쏟아졌다. 열이면 열 미남 흉내를 냈던 나를 향한 시선이었다.

"자자, 다들! 그렇게 뚫어져라 쳐다보지 마! 카이가 어제

밤을 새느라 잠을 전혀 못 잤대. 그래서 평소랑 조금 달랐던 것 같아."

"마츠리?"

"맡겨줘♪"

그 후 그녀가 내가 수면 부족이었다는 이유를 들어 해명을 해 준 덕분에 이상한 사람을 보는 듯한 시선은 뭐야, 하는 어이없는 시선으로 바뀌었다.

그리고 아키라와 쇼고가 재빨리 다가오더니 어깨동무를 해 왔다.

"너…… 돌아왔구나?"

"아, 응……."

정말 다행이야…… 그런 넌 네가 아니라고."

"그 정도였어……?"

진심으로 다행이라며 안도하는 친구들의 모습을 보고 있으니, 원만하게 마무리되어 안심했다는 마음과는 별개로 내가 원했던 미남은 무엇이었을까 하는 허무함이 밀려왔다.

'듣자하니 수업 중에 문제도 술술 풀었다고 했지……. 하지만 난 전혀 기억하지 못하니까 아무런 도움도 안 되고, 미남을 연출했다고 해도 결과적으로 이렇게 돼 버렸고……. 그래. 스스로에게 최면을 걸고 편하게 지낼 생각은 하지 말라는 메시지 같기도 하네.'

딱히 편하게 지낼 생각을 한 것은 아니고, 어디까지나

실험 삼아 해 본 것이었다.

그래도 이런 문제점을 알 수 있었다는 부분에서는 수확이라 할 수 있었고, 역시 파트너의 힘은 야한 방면에서 가장 큰 진가를 발휘한다는 것을 알았다.

'시험 때 자신에게 최면을 걸면 공부하지 않고도 좋은 점수를 받을 가능성도 있겠네……. 하지만 장래에 도움은 되지 않을 테니 파트너의 힘은 앞으로도 야한 목적과 가끔씩 남을 돕는 데에만 사용해야지!'

아키라 일행과 시끌벅적하게 떠들고 있는 사이, 다시 한 번 마츠리에게 감사 인사를 전해 두었다.

여전히 스마트폰의 배터리는 바닥이었지만, 조금 전에 마츠리에게 충전을 받은 덕분에 내 배터리는 가득 차 있었다.

그렇게 오후 수업도 잘 이겨내고, 방과 후는 어떻게 보낼까 고민하고 있을 때였다.

"카이."

"응?"

자리에서 일어남과 동시에 가방을 어깨에 멘 마츠리가 다가왔다.

"왜?"

"……아, 그렇구나. 약속한 것도 잊어버렸구나."

"약속?"

약속이라니 무슨 말이지?

"실은 방과 후에 같이 시간 보내기로 약속했거든."

그렇구나……. 아무래도 미남 흉내를 내고 있을 때 약속한 모양이다.

당연하다는 듯 조금도 기억나지 않았지만, 때마침 방과 후를 어떻게 보낼까 고민하고 있었고, 무엇보다 여자아이와 방과 후를 함께 보낼 기회를 놓치는 것은 너무 아까웠다.

"기억이 안 나면 없던 일로 할까? 아쉽긴 하겠지만……."

"아니, 마츠리만 좋다면 같이…… 가고 싶습니다!"

"아하핫! 그럼 가자♪"

이후의 일정이 정해졌고, 나는 마츠리와 함께 학교를 나왔다.

별다른 목적도 없이 거리로 나온 우리들의 화제는 얼마 전에 산 수영복으로 옮겨갔다.

"카이네 누나랑 같이 수영복 샀잖아? 그때 여름 방학이 되면 뭘 할지 얘기하다가, 최근에 오픈한 레저 시설에 가 보고 싶다는 얘기가 나왔거든. 다음 주쯤에 가지 않을래?"

마츠리가 말한 레저 시설은 올해 새로 오픈한 건물이었다. 실내 수영장 등의 평판도 꽤 좋다고 들었고 누나도 예전에 놀러가고 싶다고 한 적이 있었다. 나 역시 다시 한번 마츠리와 사이카의 수영복 차림을 보고 싶다! 누나의 수영복? 그런 꼬맹이의 모습은 아무래도 상관없…… 윽?!

"왜 그래?"

"아, 아니……."

그 순간, 무서울 정도의 한기를 느꼈다.

누나의 수영복 따위는 아무래도 상관없다…… 설마 그런 내 마음의 중얼거림을 느낀 것일까? 그렇다면 정말로 마왕 아닌가, 우리 누나.

“아! 혹시 카이, 누나에 대해 뭔가 실례되는 생각한 거 아냐?”

“어, 어떻게 알았어?!”

“아하하! 알기 쉽거든♪”

“…….”

“누나의 수영복 차림은 어린애 같다거나, 뭐 그런 거 아니었을까?”

“……미안, 한 번만 더 물을게. 어떻게 알았어?”

꼬맹이라는 말도 어린애라는 말도 별 차이는 없는데…… 잠깐, 또 한기가?!

“부탁이니까 이르지 말아줘. 지금 엄청난 한기가 느껴지는데, 누나는 나 한정으로 이런 부분에 예리하거든……. 그 사람 진짜로 마왕이니까.”

“그, 그렇게 되면 카이 누나의 정체성이 흔들리는데…….”

“분명 전생에 마왕이었을 거야. 꿋꿋하게 세계를 지키는 역할을 완수하려는 용사를 괴롭히고 또 괴롭히던 악당이었겠지.”

분명 그럴 거라는 강한 확신이 들었다.

“……뭐 그래도, 나름대로 상냥한 부분도 있어서…… 계속 날 지켜주고 아끼는 마왕 누나이기도 하지만.”

누나를 결코 싫어하지 않고 오히려 정말 좋아한다고, 그렇게 말하자 마츠리는 어딘가 흐뭇한 얼굴로 나를 바라보았다. 나는 부끄러움을 감추기 위해 휙 시선을 돌리고 뺨을 긁적였다.

'이 흐름이라면 누나도 같이 가게 되겠지……. 같이 수영복도 샀고, 그런 약속도 했으니까……. 그나저나 누나랑 같이 가는 건 좀 부끄럽지 않나?'

지금 생각하니 고등학생씩이나 돼서 누나를 동급생과의 외출에 데려가는 건 괜찮은 건가……?

'아니, 하지만 마츠리 일행과 대화하는 누나는 즐거워 보였고, 마츠리나 사이카도 누나에게 마음을 열어주고 있고……! 내가 부끄럽다는 이유로 누나를 안 부른다거나 함께하는 걸 막는 것도 좀 아닌 것 같은데…….'

한참을 생각한 뒤 결국 누나는 부르기로 했다.

"그…… 어쨌든 누나도 불러도 괜찮지?"

"당연하지! 아, 그리고 에무도 부르고 싶은데."

"에무도?"

"어때?"

"에무가 오고 싶다고 하면 난 상관없어."

"오케이! 그럼 바로 물어볼게."

아직 다음 주 이야기였지만 마츠리는 곧바로 에무에게 메시지를 보냈다.

그러자 몇 분 지나지 않아 답장이 도착했다. 꼭 같이 놀고 싶다는데…… 그렇다는 건 마츠리와 사이카뿐만이 아니라 에무의 수영복 차림도 볼 수 있는 뜻이었다. 이거 벌써부터 기대되는데!

“카이 누나도 기뻐해 줄까?”

“귀여운 애들은 좋아하니까 기뻐하겠지.”

“에무는 귀엽지!”

“맞아.”

에무는 과연 어떤 수영복일까. 그것을 상상하는데 마침 타코야키 포장마차 앞을 지나가게 되었다.

맛있는 냄새가 풍겨와 마츠리와 함께 다가갔다.

“어서 오세요!”

“타코야키라…… 한동안 먹은 적이 없네.”

“좀 출출한데 먹을까?”

“그러자. 아저씨, 6알짜리로 주시겠어요?”

“알겠습니다!”

6알이 들어간 타코야키를 사서 근처 벤치에 앉았다.

이쑤시개로 푹 찌르고, 입김을 불어 제대로 식힌 후 입안에 넣었다……. 씹는 순간 뜨거운 즙이 새어 나왔지만 못 참을 정도는 아니었다.

“앗뜨!”

“그래도 맛있다♪”

나도 오랜만에 먹었지만, 역시 타코야키는 맛있었다.

내가 3알, 마츠리가 2알을 먹고 남은 것은 한 알. 물론 이것은 마츠리 것이었지만, 그녀는 자신의 이쑤시개에 타코야키를 꽂아 내게 내밀었다.

"자, 먹어."

"어?"

"나는 이제 충분해. 그것보단 카이가 먹는 걸 한 번 더 보고 싶어♪"

"……그, 그럼 잘 먹겠습니다?"

"음. 자, 아~."

입을 벌리고 내민 타코야키를 받아먹었다.

뭐야, 이거…… 같이 나왔을 때부터 조금 생각한 건데, 이거 마치 방과 후 데이트 같지 않나……?

"맛있어?"

"엄청 맛있어."

"후후, 꼭 데이트 같네~♪"

아무래도 생각하는 건 비슷한 모양이다.

이건 이미 누가 봐도 방과 후 데이트잖아. 즐거운 얼굴로 어깨를 찔러대는 마츠리에게 그렇게 반박하려는데, 듣고 싶지 않은 목소리가 들려와 둘이서 움직임을 멈췄다.

"마츠리."

마츠리를 부르는 목소리…… 들은 기억이 있는 목소리였다.

상대를 바라보는 마츠리가 순식간에 혐오가 담긴 표정을 지었다. 나 역시 그 이유를 알고 있었기에 납득했다.

상대가 무라카미—— 마츠리의 전 남자친구였기 때문이다.

“오, 오랜만이네.”

“오랜만이라고 할 정도로 시간이 많이 지나진 않은 것 같은데? 그보다 말 걸지 말아줄래?”

“윽…… 뭐야, 전남친한테 너무 매정한 거 아냐?”

“네가 남친이었다는 것 자체가 나한테는 흑역사야. 더는 너한테 볼일은 없어. 그러니까 당장 사라져.”

마츠리의 말은 예리한 칼날보다 더 날카롭게 느껴졌다.

방금까지 짓고 있던 부드러운 미소는 사라지고, 무라카미를 바라보는 눈에는 적의만이 가득했다.

‘……파트너는 못 쓰지만, 무슨 일이 있어도 마츠리를 지켜야 해.’

무슨 목적으로 다가왔는지는 모르지만, 알고 싶지도 않았다.

만약 이 녀석이 마츠리에게 무슨 짓을 하려고 하면 나는 또 예전처럼 마츠리를 지키면 그만이다.

“젠장…… 또 너냐?”

마츠리를 상대로는 불리하다고 판단했는지 무라카미는 나에게 시선을 돌렸다.

“또 나라서 미안하네. 마츠리도 말했다시피 지금은 즐거운 시간을 보내는 중이니까 방해하지 말아줄래?”

이 정도는 말해도 되겠지 생각하면서 내뱉었지만, 무라카미는 알기 쉽게 얼굴을 팍 구기며 혀를 찼다.

여전히 화려하고 눈에 띄는 외모이긴 하지만, 그런 무라카미에게는 아직도 알몸으로 거리를 뛰어다녔다는 추문이 남아 있을 것이다. 아무리 시간이 흘렀다고 해도 마츠리에게 말을 걸 생각을 하다니, 어떤 의미로는 대단하다.

“들었지? 난 지금 굉장히 즐거운 시간을 보내고 있어. 너랑 같이 있었을 때보다 훨씬 더 즐겁고, 훨씬 더 행복해.”

“윽…… 소꿉친구인 나보다 이딴 놈 옆이 더 좋다는 거야?”

“이딴 놈이라고 하지 마.”

무라카미에게 향하는 마츠리의 말은 변함없이 매몰찼다.

이렇게까지 상대를 해 주지 않는데 이상한 자존심이라도 있는 것일까. 무라카미는 떠날 생각도 하지 않고 나와 마츠리…… 어느 쪽인가 하면 내 쪽을 강하게 노려보았다.

“마츠리, 나는――.”

아직도 끈질기게 달라붙으려는 무라카미의 말은 도중에 잘렸다.

옆에 앉아 있던 마츠리가 내 팔을 품에 꼭 안듯이 몸을 기대왔기 때문이다.

“마츠리……?!”

팔을 안는 것도 모자라 머리까지 어깨에 톡 얹더니…… 나를 힐끔 바라보는 그녀의 표정은, 너무나도 요염했다.

볼을 붉히고 눈을 촉촉하게 적신 그 표정은 너무나도 야해서, 나도 모르게 넋을 잃고 쳐다봤을 정도였다.

“야, 마츠리, 뭐 하는――.”

"시끄럽네, 정말……."

내게서 마츠리를 떼어내기 위해 손을 뻗는 무라카미를, 마츠리가 노려보았다.

주춤하며 손을 멈춘 무라카미를 보고 코웃음친 그녀는 다시 한번 나를 바라보았다. 달콤하게 녹을 것 같은 표정으로 변한 그녀의 얼굴에 심장이 두근거렸다.

"이제 너 따위는 아무래도 상관없어. 넌 절대로 나한테 이런 표정을 짓게 할 수 없었잖아?"

"윽?!"

"생각해 보면, 사귈 때도 이런 표정은 짓지 않았지. 지금은 그렇게까지 마음을 허락하지 않아서 다행이라고 생각해. 덕분에 이 사람과 만날 수 있었으니까."

그렇게 말한 마츠리가 나를 꼭 끌어안았다.

등에 팔을 꽉 두르는 강한 포옹에, 무라카미는 분한 듯 얼굴을 일그러뜨리더니 등을 보이고 달려갔다.

"……마츠리, 그 녀석 갔어."

"응…… 에헤헤, 미안해, 카이."

"전혀 상관없어…… 좀 두근거렸어."

"나도 두근두근거려. 만져서 확인해 볼래?"

"뭐, 뭐라고?!"

손으로 가슴을 만지는 건 최면 상태일 때 뿐이잖아?!

그렇게 말할 수는 없었지만, 마츠리는 장난에 성공한 아이처럼 에헷 웃으며 혀를 쏙 내밀었다.

"어흠! 그나저나 갑작스러웠네."

"응…… 그래도 이제 괜찮을 거야. 물론 얼굴을 마주하는 일은 있을지도 모르지만, 그렇게까지 했는데 나한테 말을 거는 건 부끄러울 테니까."

무라카미는 떠날 때 마지막까지 나를 노려보긴 했지만, 표정에 마츠리를 향한 체념 같은 감정도 섞여 있었다.

"그래도 무슨 일이 있으면 곤란하니까…… 만약——."

"알고 있어. 또 무슨 일이 있으면 상담할게……. 상담하지 않고 걱정을 끼치는 게 더 안 좋다는 걸 이미 알았으니까."

"사양할 필요 없으니까 언제든 말해. 반드시 도와줄게."

"응!"

뭐, 무라카미와 마주치는 돌발 상황은 있었지만, 좋은 시간이었다.

슬슬 돌아가자는 이야기가 나와서 마츠리를 집까지 바래다주게 되었다.

"아아~, 벌써 끝나가네."

"많이 돌아다녔는데?"

"그렇지……. 그 녀석만 안 만났다면 더 좋았을 텐데."

"아하하……."

진심으로 질색하는 그 얼굴에 나도 모르게 쓴웃음을 지었다.

붉은 석양이 지는 가운데, 그녀의 집까지 이어지는 길에도 우리들의 대화는 끊이지 않았다.

오늘 있었던 미남 사건, 방과 후 외출에 대한 감상…… 참고로 무라카미에 대한 화제는 일절 이야기에 나오지 않았다. 조금 전 일인데도 이미 기억 속에서 완전히 지워버린 것이 아닐까 싶을 정도로 철저하게 언급하지 않았다.

"카이, 여기까지면 충분해."

"아…… 그래. 오늘은 즐거웠어. 정말 고마워."

"아니, 즐거웠던 건 나도 마찬가지야. 그래서, 기운은 났어?"

"완전 났지. 마츠리랑 같이 놀았는데 기운이 안 나면 그게 더 이상하니까."

"후후, 그렇지~? 이런 미소녀랑 데이트했는걸!"

그래, 정말 그 말이 맞다.

"그럼 또 보자!"

"응! 또 봐!"

그렇게 마츠리와 헤어지고 나도 집으로 돌아갔다.

일단 그런 일도 있었으니 무라카미 쪽에서 뭔가 액션을 취하지 않을까 경계했는데, 특별히 아무 일 없이 집에 도착했다……. 그리고, 현관 앞에서 마침 집으로 들어가려는 누나와 마주쳤다.

"어머, 카이네."

"왔어? 누나."

"……."

"……뭐야?"

갑자기 누나가 노려보는 바람에 걸음을 멈췄다.

언제 공격당해도 대비할 수 있도록 자세를 잡는데, 누나가 씨익 웃는가 싶더니 손가락 관절을 우드득 꺾었다……. 그러니까 그거 좀 하지 말라고, 무섭다고!

"나, 나 아무 짓도 안 했는데?!"

"그래? 사실 오늘 네가 뭔가 실례되는 말을 한 것 같은 기분을 느꼈거든."

두근, 하고 심장이 거세게 뛰었다.

"그런 걸로 공격당하면 억울하잖아?! 말해 두지만, 난 누나를 엄청나게 좋아한다고! 몰래 험담하는 비겁한 짓을 할 리가 없잖아! 하고 싶은 말이 있으면 정면에서 할 거라고!"

"그, 그래……? 잠깐, 마지막 말은 필요 없잖아, 바보야!"

결국 얼굴을 붉힌 누나에게 찰싹 얻어맞았다.

뭐, 그래도 이 정도에서 끝난 게 다행일지도 모른다……. 여기서 꼬맹이라고 생각했다는 것까지 알려지면 또 일이 커질 테니까.

"……아, 맞다. 누나."

"응?"

"다음 주쯤에 놀러 안 갈래? 레저 시설이래."

"레저 시설…… 아~ 혹시 마츠리랑 사이카도 같이 가는 거야?"

"맞아, 맞아. 그때는 여름 방학에 가자는 얘기였는데, 오픈한 지 얼마 안 됐으니까 가서 놀고 싶대."

"오! 나야 완전 좋지! 일정 꼭 비워둘게!"

좋아, 누나 시간도 제대로 확보했다.

"나중에 한 명 더 늘어날 거야. 후배인데 마츠리나 사이카랑도 사이가 좋아."

"어머, 어떤 애일지 기대되네……. 그보다 카이, 정말 여자 지인이 많이 늘었네?"

"뭐, 그렇지……."

스마트폰을 꺼내 마츠리에게 메시지를 보내려다가, 배터리가 없다는 것을 깨닫고 곧바로 방으로 돌아와 충전 케이블을 꽂았다.

어느 정도 충전한 뒤 스마트폰을 실행해, 서둘러 마츠리에게 메시지를 보내두었다.

"안녕, 파트너…… 꽤 오랜만인 것 같네."

일단 아침에 발동하긴 했지만, 기억이 없어서 그런지 그렇게 느껴졌다.

이제부터 쓸 것도 아닌데 파트너를 실행하고, 늘 보는 기묘한 분홍색 화면 앞에서 주절주절 떠들었다.

"나한테 최면을 거는 건 안 좋다는 걸 실감했어……. 야한 일에 쓰는 건 그렇다 쳐도, 공부나 본인의 삶을 편하게 만드는 데엔 쓰지 말라고 에둘러서 나한테 알려준 거야?"

물론 그런 물음에 대한 대답은 전혀 없었다.

그것도 당연하다고 생각하며 쓴웃음을 지은 나는 그 관계도를 열었다.

"특별히 달라진 건…… 없나?"

마츠리나 사이카, 에무의 이름 위치나 분홍색 실은 변화가 없었다.

그러나 자세히 보니 꾸물꾸물 집요하게 움직이는 검은색 실이 보였다. 이게 뭘까 싶어서 고개를 갸우뚱했다.

하지만 마츠리에게서 뻗어나온 분홍색 실에 의해 계속 튕겨 나가고 있어서 여전히 내 이름에 검은색 실이 닿으려는 기색은 조금도 없었다.

"이 끈질김…… 마치 오늘 마츠리에게 다가가려 했던 무라카미 같네."

검은색 실을 보고 순간 그렇게 생각했지만, 마츠리와 있었던 일을 떠올리는 사이 더는 신경 쓰이지 않게 되었다.

"하아…… 최고였지."

마츠리와 방과 후 데이트…… 오늘은 기분 좋게 잘 수 있을 것 같다. 나는 계속 헤벌쭉 흘러나오는 기분 나쁜 웃음을 참을 수 없었다.

“큭큭, 이 감각도 오랜만이네.”

히죽히죽 기분 나쁜 미소를 짓고 있다는 것을 자각하면서도, 수상한 사람으로 보이지 않게 일단은 조심했다.

미남…… 아니, 그건 미남이 아니라 미놈이다.

그 미놈 소동과 마츠리와의 방과 후 데이트, 무라카미와의 조우 등 여러 일들이 있었던 주의 토요일이 되었고, 나는 아침부터 타깃을 찾아 헤맸다—— 마츠리 일행 이외에 새로운 타깃을.

“딱히 서두를 생각은 없지만, 맛 체인지 같은 느낌이랄까.”

마츠리와 사이카, 에무로도 충분히 만족스럽지만…… 모처럼 이렇게 파트너의 힘을 갖고 있으니 다양하게 맛보는 것도…… 해 보고 싶잖아?

“……하지만 이렇다 할 여자가 없네.”

세 사람급의 미소녀 혹은 미녀, 외모가 뛰어나고 스타일까지 좋은 여성이 좀처럼 보이지 않았다. 아니, 미인이라 할 만한 사람은 제법 눈에 띄고 있었지만 딱 끌리는 느낌이 들지 않았다.

“혹시…… 마츠리 일행을 너무 보다보니 눈이 높아진 게 아닐까?”

그럴 가능성이 크다……. 어쨌든 그 세 사람하고만 야한 일들을 하고 있었고, 맨정신인 상태에서도 사이가 가까워진 탓에 만족스러운 시간을 보내고 있으니까.

"……오, 저 사람은——."

그런 생각을 하고 있을 때였다.

저쪽에서 걸어오는 여자 두 명 중 한쪽이 낯이 익었다.

"저 누나는 분명……."

혹시나 싶어 나는 바로 그 두 사람에게 다가갔다.

익숙한 움직임으로 두 사람에게 최면을 걸고, 그늘진 곳까지 데려와서 차분히 그 누나를 관찰했다.

"틀림없어……. 전에 내가 최면을 걸었던 누나잖아!"

"……."

내 말에 누나도 그렇지만 누나와 손을 잡고 있는 여자도 반응은 하지 않았다……. 아니, 이게 정상적인 반응이라고 생각하는데, 역시 마츠리 일행이 이상한 게 아닐까.

"지금 생각하니 그립네……. 파트너의 힘을 확인하기 위해 최면을 걸긴 했지만, 여동생 콩쿠르가 있다고 했었지."

외형은 굉장히 미인에다 가슴도 크다……. 최고의 타깃이었다.

하지만 그때는 여동생의 콩쿠르가 있다고 했었고, 그런 중요한 이벤트가 있다면 발목을 잡을 수는 없다는 생각에 바로 최면을 풀고 헤어졌었다.

"그렇다면 이쪽이 여동생이야?"

"응, 이 애가 여동생이야."

시험 삼아 물어보니 누나 쪽이 알려주었다.

누나에 비하면 여러모로 발육 단계였지만, 같은 피를 갖고 있다면 반드시 거유의 미인이 될 것이고, 그렇게 되면 반드시 인기가 많아질 것이다.

"그 후에 제시간에 도착했나요?"

"응…… 늦지 않게 도착했어."

"그렇구나, 다행이네요."

"……너는, 내 생명의 은인이야."

"……응?"

갑자기 누나에게서 생명의 은인이라는 말을 듣고 고개를 갸우뚱했다.

"그날 난 너와의 만남을 기억하지 못했어. 하지만 누군가와 대화를 나눈 감각이 계속 남아 있었고, 그게 신경 쓰여서 몇 번 정도 계속 뒤를 돌아보며 걸음을 멈췄어."

"아아……."

"그리고 콩쿠르 장소에 거의 다 도착한 시점에서…… 그런 식으로 걸음을 멈춘 내 바로 눈앞에 공사장 철골이 떨어졌어."

"네?!"

그런 일이 있었다고……?

사망자라도 났다면 뉴스가 됐을 수도 있지만, 그런 이야기가 나오지 않았다는 것은 별일 없이 끝났다는 뜻이었다.

하지만 그렇다고 해서 내가 목숨의 은인인 건 아닌 것

같은데.

"그 정도로 생명의 은인까지는 아닌 것 같은데요."

"그렇지 않아. 말했잖아? 너와 나눈 대화가 신경 쓰여서 걸음을 멈췄다고."

"뭐, 그렇죠."

"그러니까, 고마워. 네 덕분에 난 이 아이의 콩쿠르에 갈 수 있었어……. 그 꽃다발을, 이 아이의 최우수상을 축하하며 줄 수 있었어."

"……뭔가 낯간지럽네."

솔직히 말하면 그 일이 내 덕이라고는 생각하지 않는다.

그 자리에 없었기도 했고, 무엇보다 그건 누나의 운이 작용한 결과나 다름없었기 때문이다.

"감사 인사는 필요 없어요. 저는 누나한테 최면을 걸고 나쁜 짓을 하려고 했던 악당이니까요. 그래도 굳이 말한다면, 여동생을 향한 누나의 사랑이 일으킨 기적 아닐까요?"

"넌……."

"아니, 좀 그렇게 말하게 해 주세요! 어째서 최면을 걸어서 야한 짓을 하려고 했는데 생명의 은인 소리를 들어야 하는 거냐고요?! 여동생을 향한 마음이라고 하는 편이 훨씬 더 예쁘잖아요!"

"아, 알았어……."

기세를 몰아 쏘아붙이자 누나는 고개를 끄덕여 주었다.

"……저기."

"응?"

여동생이 말을 걸었다.

누나도 그랬지만 이 억양 없는 톤은 확실히 최면에 걸린 느낌이었다. 응, 역시 마츠리 일행이 이상하다.

"뭐야?"

"고마워, 오빠. 오빠 덕분에 언니랑 이렇게 즐겁게 지낼 수 있게 됐어."

"……그러니까~! 나는 그런 게 아니라고!"

누나를 간신히 설득했더니 이제는 여동생까지 나를 모욕하는 건가?!

기분 탓인지는 몰라도 여동생에게 그런 말을 듣는 나를 보며 누나가 웃고 있는 것처럼 보였지만…… 에잇! 난 그런 거 아니니까 더 이상 감사 인사는 그만하라고!

"……그럼, 감사 인사는 받아 두겠지만…… 정말로 그럴 생각은 없었으니까요!"

"응."

"고마워, 오빠."

"그러니까…… 하아, 그럼 난 이만── 둘 다 조심해."

그리고 그 자리를 떠난 뒤 최면을 풀었다.

"……설마 파트너를 써서 생명의 은인이 되어버렸을 줄이야."

그 누나에게 최면을 걸었던 동기는 사심 때문이었는데, 우연의 산물이라고는 해도 생명을 구했다면서 감사받을 거라고 누가 생각하겠는가……. 뭐, 그래도 무사해서 정말 다행이라고 진심으로 생각했다.

"감사 인사 대신 가슴을 만지게 해달라고 할걸……."

그렇게 생각했지만, 이미 누나도 여동생도 보이지 않게 되었다.

"훗, 목숨을 건졌군, 누님. 하지만 또 다음에 만나면 그 풍만한 가슴을 멋대로 만질……지도 모르지."

자, 그러면 다른 타깃을 찾으러 가볼까!

아직 보지 못한 미녀와 가슴을 찾아 산책을 재개했지만, 역시 딱 끌리는 타깃은 찾지 못한 채 시간만 흘러갔고, 그렇게 많은 사람들이 오가는 역 앞을 지나고 있을 때였다.

뭔가 남녀의 말다툼 같은…… 시끄러운 소리가 들려왔다.

"뭐지?"

구경꾼들의 모습도 꽤 많길래 궁금해서 다가가보니, 정장 차림을 한 남성과 화려한 옷을 입은 여성이 있었고, 그런 두 사람 앞에 경찰관의 모습도 보였다.

"난 아무 짓도 안 했다니까!"

"뭐? 당신이 내 엉덩이를 만진 거 다 알고 있거든! 그러니까 내가 굳이 여기까지 쫓아온 거잖아!"

"억지부리지 마!"

"아니야! 분명 만졌다고!"

역에서 벌어진 말다툼…… 전철에서 성추행이라도 당한 걸까.

경찰관도 중간에 나서서 어떻게든 사태를 수습해 보려 했지만, 남성의 저항이 심해서 고전하고 있는 것 같았다.

'치한 사건 중에는 누명 사건도 꽤 있나?'

치한이 아닌데도 치한이라는 누명을 쓰고 모든 것을 잃어버리는 사례가 있다는 것을 나는 알고 있었다.

저 남성이 아무것도 하지 않았다는 말이 사실이고, 만약 저 여성이 거짓말을 하고 있다면…… 그럴 가능성은 낮다고 생각하면서도, 이왕 이렇게 된 거 파트너의 힘으로 진위를 가려보자.

"……이쯤이면 되려나?"

소란의 중심에 있는 남자와 여자, 그리고 경찰관은 다가온 나를 알아차리지 못했다.

물론 주변 사람들에게도 나는 그저 지나가는 사람으로만 보일 것이다. 자, 그럼 진실을 들어볼까.

파트너를 실행해 남성과 여성을 동시에 최면 상태로 만들었다.

시끄러울 정도로 소란스러웠던 두 사람이 조용해지자 경찰관이 당황하는 모습이 조금 우스웠다.

"왜, 왜 그러는 겁니까……?"

경찰관의 물음에도 두 사람은 아무 대답도 하지 않았다.

눈 하나 깜빡하지 않는 그 모습은 경찰관뿐만 아니라 바라보는 구경꾼들에게도 오싹한 광경처럼 보일 것 같았다.

역시 너무 시간을 끌면 의심을 받을 것 같아서, 나는 물건을 떨어뜨리는 척하며 더 가까이 접근한 뒤 명령을 내렸다.

"진실을 말해. 경찰에게 거짓없이 전부."

내 명령은 그 정도로 짧았지만, 그것만으로도 충분했다.

"난 정말 아무 짓도 안 했어."

"성추행 당한 건 아닌데, 기분이 나빠서 이 녀석한테 누명을 씌우고 스트레스를 풀고 싶었던 것뿐이야."

"뭐, 뭐라고?!"

그것은 지금의 상황을 뒤집을 만한 발언이었다.

경찰관이 아연실색했고, 거기서 여성을 향해 질문을 거듭한 결과 남성은 완전히 무고하다는 결론이 나왔다.

게다가 이 대화는 많은 사람이 보고 있기도 해서 여성은 발언을 취소할 수도 없었고 도망갈 방법도 없었다.

"이런 일도 다 있구나……. 일단 해제하자."

거기서 최면을 해제한 나는 허둥지둥 그 자리를 떠났다.

곧 등 뒤가 더욱 소란스러워졌고, 여자의 새된 소리 같은 것도 들려왔지만 무시했다.

"하지만 만약 이 자리에 내가 없었으면 반대가 됐을 수도 있겠지."

파트너의 힘에 의해 남성이 무고하고 여성이 거짓말을 했다는 결론이 나왔지만, 내가 오지 않았다면 남성이 거짓말을 하고 여성이 무고하다는 거짓 결론이 나왔을지도 모른다. 그렇게 생각하면 그 여성에게는 안 된 일이지만, 나라는 악당의 눈에 띄었으니 운이 없다고 할 수 있었다.

"이렇게 말하면 실례일지도 모르지만, 저런 사람은 사양이야."

거짓말로 남을 비방하는 녀석은 쓰레기고, 그런 짓을 오직 자신의 스트레스 해소만을 위해 행한다는 것은 더더욱 쓰레기 같은 짓이었다.

"……하하, 내가 말하면 설득력은 전혀 없지만."

좋아, 아까의 일은 깨끗이 잊고 다시 산책을 재개하자!

"사냥감사냥감사냥감~ 사냥감~은 어디에~……음?!"

그때 내 센서가 윙윙 울리며 반응했다.

긴 검은 머리에 흰 원피스를 입은 여성으로, 멈춰 서서 몸을 옆으로 돌렸을 때 보였던 압도적인 볼륨을 나는 놓치지 않았다.

이 여성…… 놓칠 수 없지!

그런 마음으로 달려갔지만, 거리가 점점 가까워질수록 그 여성의 모습도 선명해졌고…… 곧 어라? 하고 고개를 갸우뚱했다.

'뭐지…… 이 뒷모습, 익숙한 것 같은데.'

내 추측은 맞았고, 왜 이렇게 저 여자가 신경이 쓰였는지에 대한 대답은 곧바로 나왔다.

"……사이카?"

바로 뒤에서 이름을 부르자 그녀가 몸을 돌렸다.

두둥실 머리카락이 흔들리고, 덩달아 가슴도 출렁이며 흔들린 그녀는 역시 사이카였다.

"아, 카이?"

"오…… 우연(?)이네?"

"……."

모처럼 만난 김에 다가갔는데, 사이카는 눈을 동그랗게 뜬 채 나를 바라보고만 있었다.

무슨 일인가 싶어 불안해지는데, 사이카가 손을 뻗어 내 손을 잡아왔다.

"……안녕, 카이."

"아, 응…… 안녕."

"……."

"왜 그래?"

"……아니, 예상대로 됐구나 싶어서."

"어?"

예상대로라니, 무슨 말일까.

사이카는 한발짝 더 거리를 좁히듯이 다가오더니 나를 올려다보며 다시 말을 이었다.

"처음에는 그저 서점에 참고서를 사러 간 거였는데…… 왠지 모르게 이렇게 걷다보면 카이를 만날 수 있지 않을까 싶었거든."

"윽…… 뭐야, 부끄럽게."

솔직히 부끄럽다고 전하자 사이카는 씨익 웃었다.

평소의 그녀라면 결코 짓지 않았을 것 같은 그 표정에 놀란 것도 잠시, 그녀가 갑자기 정면에서 안겨왔다.

"잠깐?!"

얼굴을 내 가슴에 파묻고 있는 탓에 그녀의 표정은 짐작할 수 없었다.

……그러나, 그것보다 더 난처한 일이 벌어지고 말았다. 갑자기 다가온 사이카의 모습에 놀라 그녀를 받아내려고 한 왼손이 정확히 가슴을 잡아버린 것이다.

'……역시 부드러워.'

그런 냉정한 생각을 하면서, 뒤늦게 흠칫 놀라 손을 뗐다.

다행히도 사이카는 내가 가슴을 만졌다는 사실을 눈치채지 못한 것 같지만…… 아니, 그러니까 대체 무슨 상황인데?!

"……저기, 정말로 만나서 기쁘기도 했지만, 실은 아까 좀 끈질긴 헌팅을 당해서——."

"아무 일 없었어?"

헌팅…… 그 말에 나는 민감하게 반응했다.

"으, 응…… 괜찮아."

"정말……?"

괜찮다는 말을 들었지만 나도 모르게 사이카의 전신을 살펴보고 말았다.

어딘가에 다친 곳은 없는지, 난폭한 짓을 당한 흔적은 없는지, 혹시 무슨 일이라도 당했다면 그 상대를 끝장내버리겠다고 생각했지만…… 일단 정말 아무 일도 없는 것 같아 안심했다.

"전에도 말했잖아? 나는 더 이상 약하지 않다고."

"……하핫, 그렇지."

얼굴을 든 사이카의 표정은 밝았고, 스스로에게 자신감을 갖고 있다는 것이 느껴졌다……. 그보다 이렇게 가까이에서 빤히 올려다보면 역시 부끄러운데.

"……아, 미안."

"아니야, 괜찮아."

깜짝 놀란 사이카가 몸을 떨어뜨렸고, 그렇게 서로를 바라본 채 무언의 시간이 흘러갔다.

"……아하하."

"……후후."

서로 전혀 모르는 사이가 아님에도 이렇게까지 어색해진 것이 오히려 재미있어서, 웃음이 터져나왔다.

"나 말이지, 시간이 너무 남아돌아서 한가했는데…… 잠깐 같이 보내줄래?"

"그래도 돼? 카이가 좋다면 꼭 그러고 싶어."

"알았어. 그럼 적당히 걸어다닐까?"

"응."

당초의 목적은 온데간데없이 사라져버리고, 그대로 사이카와 함께 시간을 보내게 되었다.

그렇지만…… 지금의 나는 파트너의 힘을 만족스럽게 쓰지 못해 굶주린 상태였고, 사이카라는 최고의 여자아이를 앞에 두고 참을 수 있을 리도 없었다.

마츠리와 방과 후에 외출했을 때는 파트너를 사용하지 않았지만, 그건 단순히 배터리가 다 돼서 못 쓴 것뿐 쓸 수 있었다면 썼을 것이다.

"사이카, 좀 따라와 줄래?"

"좋아. 카이의 부탁이라면 뭐든지 들어줄게."

응? 뭐든……?

마치 지금까지 쌓아온 사이카와의 유대감을 나타내기라도 하는 것처럼, 그녀는 나를 조금도 의심하지 않고 따라왔다……. 그렇게 향한 곳은 건물의 뒤편이었다.

"최면!"

"……!"

사이카가 의문을 품기도 전에 파트너의 힘을 사용해 사이카를 최면 상태로 만들었다.

"크큭, 이봐, 사이카. 아무리 상대가 나라고 해도 전혀 의심하지 않는 건 위기 관리 능력이 떨어졌다는 증거라고."

"카이를 상대로 의심할 필요는 없어. 그래서, 가슴 만질래? 괜찮아. 마음대로 해도 돼."

"……사이카, 나를 꽤 잘 알고 있네."

"계속 함께 있었잖아?"

사이카는 그렇게 말하며 가슴을 내밀었다.

출렁출렁 흔들리는 흉악한 두 언덕을 향해 손을 내밀어, 질감 좋은 원피스 위에서 천천히 만져보았다.

"부드러워…… 역시 이거지."

"만족할 때까지 만져도 돼."

"응!"

사이카의 허락도 받았겠다, 마음껏 주물러볼까!

한 손바닥으로는 도저히 다 담을 수 없는 H컵의 폭유는 조금만 힘을 주면 손가락이 쑥 파묻히며 손가락 사이로 살집이 튀어나왔다.

"마츠리도 크지만 사이카도 정말 크구나."

"요즘 또 커졌는데…… 카이가 만지거나 얼굴을 파묻으면서 자극하니까 그런 건가?"

"진짜냐고…… 사이카의 전투력은 대체 어디까지 올라가는 거야?"

"크면 불편해. 무겁고 어깨도 뻐근하고…… 그래도 카이가 기뻐해 주니까 나쁘진 않은 것 같아."

하지만 그렇긴 하지. 여자들은 속옷 가격도 엄청 비싸다고 하고.

그런 것을 생각하면 이렇게 말해 주는 건 정말 기쁜 일이지만, 한편으로는 조금 미안한 마음도 들었다.

"하지만 만지는 걸 멈출 수가 없어."

가슴골에 얼굴을 파묻고 안면으로 탄력을 만끽했다.

부드러움을 맛보는 것뿐만 아니라 후하후하 냄새까지 맡는 변태 같은 짓도 했지만, 사이카는 싫어하는 내색은 조금도 내비치지 않고 그저 나를 받아주었다.

"……저기, 사이카."

"왜?"

가슴골에서 고개를 들고 사이카를 바라보았다.

"정말 아무 일도 없었던 거지?"

"정말이야. 그러니까 아무 걱정 하지 마."

"알았어."

거짓말을 할 수 없는 이 상태에서 걱정하지 말라고 했다면 정말 괜찮다는 뜻일 테니 안심해도 되겠지.

"참고로…… 어떤 헌팅이었어?"

"대학생 정도 되는 사람이 같이 놀지 않겠냐고."

"평범한 헌팅인가…… 뭐, 그래도 어쨌든 다행이다."

그리고 다시 한번 사이카의 가슴에 얼굴을 파묻었다.

언제까지고 이렇게 있고 싶은 마음은 굴뚝 같았지만, 배터리에는 한계가 있었다. 그리고 사이카가 함께 보내고 싶다고 말해 줬으니 평범하게 지내는 것도 나쁘지 않을 것 같았다.

"그보다 이거…… 주말 데이트 아닌가?"

마츠리와 함께 보낸 시간이 방과 후 데이트였다면, 이건 주말 데이트라고 해도 무방하지 않을까……. 그렇게 생각하니 기분이 더더욱 들떴다.

"좋아, 그럼 밖으로 다시 돌아가자."

"응."

사이카를 데리고 건물 뒤편에서 돌아온 뒤 최면을 해제했다.

최면을 푼 뒤에는 이상한 감각에 휩싸인 것처럼 보였지만, 곧 신경 쓰지 않는 모습으로 옆에 나란히 섰다.

"아, 그러고 보니 카이."

"왜?"

"결국…… 저번에 그 이상했던 카이는 뭐였어?"

"사이카, 그날 일은 잊어주면 고마울 것 같아, 아니 제발 잊어줘."

"? 알았어."

그건 이미 내 흑역사로 낙인 찍혔으니까…… 그러니 잊어줘, 부탁이야.

잊어달라고 최선을 다해 주장한 결과, 그 이후로 사이카가 그 미놈 사건에 대해 언급하는 일은 없었다…… 후우.

"그나저나 곧 낮이네."

시간을 확인하니 슬슬 점심시간이었다.

생각해 보니 사이카와 만난 시간대도 그렇게 빠르지 않았고, 건물 뒤편에서 즐거운 시간을 보낸 탓에 꽤 시간이 지나 있었다.

"카이는 점심 어떻게 할 생각이었어?"

"점심 전에는 돌아갈 생각이었는데…… 사이카는 뭐 먹고 싶은 거 있어?"

"카이랑 함께라면 뭐든 좋아."

"오케이~."

그렇지만 이 근처 가게라고 하면 라멘 가게 외에는 가

본 적이 없었다.

맛도 좋고 저렴해서 아키라나 쇼고 같은 동성 친구들과 자주 갔었는데, 역시 라멘은…… 여자에게는 배려가 좀 부족하려나?

"……라멘 가게도 괜찮을까?"

"응, 기대된다."

오, 기대까지 해 준다니 제안해 보기를 잘했다.

몇 번 와본 적 있는 라멘 가게에 들어갔지만, 점심시간이라 사람이 많아 카운터석밖에 남지 않았다.

"나 이런 가게에 오는 건 처음이야."

"호오…… 뭐, 요즘에는 드물지도 않나."

"기본적으로는 집에서 해결했고 친구도 없었으니까."

"……."

"후후, 대답하기 어려운 말을 해서 미안해."

"내 말이!"

지금의 사이카는 그렇다 쳐도 이전의, 일부 사람들에게 수수한 아이라고 불렸던 눈 가린 사이카는 확실히 친구가 없었다. 그런 것을 자학 소재로 써버리면 반응하기 어려웠다.

"……하지만 그렇게 장난처럼 말할 수 있을 정도로, 지금은 달라졌지?"

"응…… 지금은 카이랑 마츠리가 가장 친한 친구고, 에무와도 대화하게 됐어."

친구가 늘어난 것, 그것이 무엇보다 기쁘다며 사이카는

말을 마무리했다.

나는 그저 그 몸을 멋대로 사용하고 싶었을 뿐인데…… 어쩌다 보니 사이카의 문제를 해결해 주게 되었다. 덤으로 사이카가 스스로에게 자신감을 갖게 되면서 좋은 방향으로 성장한 것은 나에게도 기쁜 일이었다.

"그건 그렇고……."

"왜?"

그때 사이카가 조금 안절부절못하는 얼굴로 주변을 둘러보았다.

"엄청나게 시선이 느껴지는 건 기분 탓인가?"

"아……."

사이카가 그런 말을 하는 것도 이상하지 않을 정도로, 제법 사람들의 시선이 몰리고 있었다.

딱히 여성 고객이 드문 것은 아니었다. 단순히 사이카의 외모가 뛰어나기 때문에 주목을 받고 있는 것이었다.

"그만큼 사이카가 매력적이라는 거 아닐까? 왜 옆에 나 같은 놈이 붙어 있냐는 시선도 있고 말이지."

"뭐?"

공기가 싸늘하게 식어가는 느낌에 나도 모르게 어깨가 흠칫 떨렸다.

평소의 무표정을 한층 더 갈고 닦아 퍼펙트 무표정이 된 사이카는, 시선을 보내고 있던 아저씨 쪽으로 천천히 얼굴을 돌렸고…… 아저씨는 빠르게 시선을 돌렸다.

"나랑 카이는 친한 친구야……. 그러니까 그런 시선은 용서하지 않아."

"고, 고마워, 사이카. 난 전혀 신경 안 쓰니까…… 그보다 이제 라멘 주문하자!"

둘이 함께 메뉴판을 살펴본 뒤 나는 간장 라멘, 사이카는 소금 라멘을 주문했다.

"오래 기다리셨습니다~!"

주문한 지 얼마 지나지 않아 라멘이 도착했다. 먹음직스러운 냄새에 나도 모르게 배에서 꼬르륵 소리가 크게 났고, 그 모습에 사이카가 키득키득 웃었다.

"윽…… 그만큼 배가 고프다는 거야."

"안심해. 나도 조금 소리 났으니까."

"그, 그렇구나…… 좋아! 그럼 먹자."

"응."

잘 먹겠습니다, 하고 손을 모아 인사한 뒤 식사를 시작했다.

후루룩 소리를 내며 라멘을 먹는 와중, 변함없는 맛에 만족하면서도 종종 사이카의 모습을 곁눈질로 바라보았다.

'……저 먹는 방식, 묘하게 야하네.'

머리카락이 빠지지 않게 한 손으로 모은 뒤 라멘을 후루룩 먹는 모습은, 나도 모르게 넋을 잃고 바라볼 정도의 색기를 내뿜고 있었다.

"……왜?"

"어? 아, 아니……."

"뭔가…… 이상했어?"

"아니, 그런 거 아니야! 이렇게 사이카랑 같이 라멘을 먹는 게 신선해서…… 나도 모르게 쳐다봤어."

"그랬구나. 혹시 먹는 방법이 좀 이상했나 했어."

"전혀 이상하지 않은데? 오히려 눈이 즐거웠다고 해야 되나……."

무슨 소릴 하는 거야, 나는! 눈을 동그랗게 뜨고 멍한 얼굴을 한 사이카는 무슨 생각을 하고 있을까. 상상하기 두려워진 나는 얌전히 먹는 것에 집중하기로 했다.

"……정말 맛있다."

"……그러게."

……사이카가 그렇게 말해 준다면 나도 만족이다.

라멘으로는 부족할까 싶어서 교자 1인분과 칠리 새우 미니 사이즈도 함께 주문했는데, 그것까지 포함해서 사이카는 맛있게 먹어주었고, 어느새 나도 배가 가득 찼다.

"후우…… 잘 먹었다."

"나 이렇게 많이 먹은 거 처음이야."

둘이서 배를 문지르며 가게를 나온 뒤 천천히 걷기 시작했다.

"카이."

"응?"

"또 저런 가게에 가고 싶어."

"물론이지. 데려가줄 테니까 같이 가자."

"응!"

정말로 사이카가 이렇게까지 말해 줘서 다행이다.

배를 채운 오후 시간에는 잡화점을 둘러보거나, 고3인 만큼 사이카가 추천하는 참고서를 사기도 하면서 시간을 보냈고, 걸어다니느라 피곤한 다리도 쉴 겸 빙수를 사먹기도 했다.

"그럼 슬슬 돌아갈까?"

"그러게. 그럼 여기서 헤어질까?"

아니, 하고 나는 고개를 저었다.

"안 그래도 헌팅 이야기를 들었으니까…… 폐가 되지 않는다면 바래다줘도 될까?"

"괜찮아?"

"응, 제대로 바래다주고 나도 안심하고 싶어."

"……응, 그럼 부탁할게."

"좋아!"

딱히 남자의 의무라거나 그런 소리를 하려는 것은 아니다. 다만 헌팅을 당했다는 이야기를 들으면 걱정이 되니까…… 뭐, 물론 그런 이야기가 없었다고 해도 원래부터 바래다줄 생각이긴 했지만.

"오늘은 즐거웠어."

"나도 즐거웠어."

"직감을 따라보길 잘했어……. 카이를 만날 수 있을지도 모른다는 직감.”

“……그러고 보니 아까 그런 말을 했었지.”

만남의 계기를 떠올리자 또다시 민망한 기분이 들어 뺨을 긁적였다.

그런 내 모습을 보면서도 생글거리는 미소를 잃지 않는 사이카의 모습이, 더더욱 이쪽의 마음을 좋은 의미로 교란시키고 있었다. 어쨌든 숨고 싶을 정도로 민망했다.

“자, 빨리 가자.”

“응~♪”

젠장…… 평소에는 별로 내지도 않는 귀여운 목소리를 내다니!

이렇게 된 이상 헤어질 때 배터리가 바닥날 때까지 파트너를 사용해서 그 몸을 멋대로 사용해 버릴까?!

그런 야망을 가슴속에 품은 나였지만, 돌아가는 길에 나에게도 사이카에게도 인연이 있는 상대와 마주치게 되었다.

“저건…….”

“아…….”

나도 모르게 걸음을 멈추고 말았다. 그리고 상대 쪽도 우리를 알아본 상태였다.

“……하아, 사이카를 바래다주길 잘했네.”

작게 혼잣말처럼 중얼거린 그 원인은 단 하나── 한때 사이카에게 학대를 반복했던 남자, 그녀의 아빠가 그곳에 있었기 때문이다.

"사이카?"

"괜찮아, 난 이제 그때처럼 약하지 않으니까."

사이카는 그렇게 말했지만, 꽉 쥔 손은 떨리고 있었다.

딱히 대화를 할 것도 아니고 눈을 마주칠 필요도 없었다. 나는 사이카를 안심시키듯 손을 잡아주고 그대로 걸어나갔다.

이전에 비해 조금 살이 찐 것처럼 보이는 그는, 옆을 지나가려는 순간 입을 열었다.

"꽤 편하게 살고 있는 모양이구나. 아빠를 욕보인 불효녀 주제에."

"……."

그의 말에도 사이카는 전혀 반응하지 않았다.

편하게 살아가는 것은 사이카에게 주어진 당연한 권리였고, 사이카는 친아빠를 욕보인 적도 불효를 한 적도 없다……. 이는 모두 그의 억지에 지나지 않았다.

"……칫."

우연히 만났다고는 하지만, 이런 말까지 들으니 나도 모르게 혀를 차버렸다.

차라리 파트너의 힘으로 우리가 사라질 때까지 입을 다물고 있으라고 명령할까도 생각했는데, 걸음을 멈춘 것은 사이카 쪽이었다.

"사이카?"

"잠깐만 기다려줄 수 있어?"

조금 전까지 떨고 있었는데도, 사이카의 표정은 결의에 차 있었다.

솔직히 말하면 이대로 무시하고 걸어가는 것이 가장 좋을 것이다. 하지만, 사이카가 뭔가 말하고 싶은 것이 있다면 나는 그것을 응원하고 싶었다.

"알았어. 그 대신 곁에서 떨어지지 않고 지켜보고 있을게."

"고마워."

그렇게 말한 사이카는 아빠 쪽으로 고개를 돌렸다.

"윽…… 뭐야?"

순간, 그는 사이카의 얼굴을 보고 놀란 표정을 지었다.

아마 이렇게 당당하게 상대를 노려보는 사이카의 얼굴을 한 번도 본 적이 없기 때문일 것이다. 그가 늘 보아왔던 모습은 무기력하고 저항조차 하지 않던 사이카뿐이었으니까.

"아빠, 아빠한테 무슨 말을 들어도 전 아무렇지도 않아요……라고 말하면 거짓말이겠죠. 옛날 일이 떠올라서 조금 무서우니까요. 하지만 극복할 수 없는 일은 아니라는 걸 깨달았어요."

"……무슨 말이 하고 싶은 거지?"

그 질문에 사이카는 먼저 내 쪽으로 시선을 돌렸고…… 고개를 굳게 끄덕이고는 다시 아빠 쪽으로 눈을 돌렸다.

"전 이미 옛날의 제가 아니에요……. 당신이 주는 고통을 견디기만 하는 약한 제가 아니에요. 지금의 저는 누구보다 당당하게 지금의 날들을 즐겁다고, 행복하다고 말할 수 있게 됐어요.”

사이카의 말에 그는 끼어들지 않았다……. 아니, 끼어들지 못했다고 하는 것이 맞았다.

그가 사이카와 만나지 않았던 날이 그렇게까지 길지는 않았다. 그런데 이 정도로 확실하게 자신의 의사를 주장하는 사이카라니……. 사실 나도 사이카의 모습을 보니 감회가 새로웠다.

“저는 더 이상 사라지고 싶다고 생각하지 않아요. 저는 더 이상 없어지고 싶다고 생각하지 않아요……. 제가 사라지면 슬퍼해 줄 사람이 있어요. 제가 정말 좋아하게 됐고, 또 그만큼 저를 좋아해 주는 사람들이 있으니까요.”

“…….”

“그러니까…… 저에 대한 건 이제 신경 쓰지 마세요. 저도 아빠에 대한 건 잊고 살 테니까…… 안녕히 가세요.”

그것은 사이카가 아빠에게 던지는 결별의 말이었다.

더는 할 말이 없는 것인지 사이카는 그에게 등을 돌렸고, 나도 사이카를 데리고 걸어가기 시작했다. 하지만 그는 순순히 우리를 보내줄 마음이 없는 것 같았다.

“멋대로 지껄이기는……!”

흥분한 그가 그대로 이쪽으로 걸어왔다.

나는 그 즉시 사이카를 등 뒤로 보내고 그를 노려보며 이렇게 말했다.

“제가 상대해 드릴게요. 사이카에게 무슨 짓을 한다면 전

절대 당신을 용서하지 않을 겁니다."

그 대신 파트너의 힘을 쓰겠지만 말이지!

스스로도 깜짝 놀랄 정도로 강한 목소리가 나온 탓인지, 그는 흠칫 놀라 발걸음을 멈췄다. 그리고 훨씬 큰 소리로 혀를 차더니 등을 돌렸다.

아마 감정에 몸을 맡기고 충동적인 행동을 벌여봤자 결과가 좋은 방향으로 흘러가지 않으리라는 것을 깨달은 것 같았다.

"……하아."

멀어져가는 등이 보이지 않게 된 순간 나는 숨을 내쉬었다.

"카이……?"

"하하, 어떻게든 잘 넘겼네."

목소리뿐만 아니라 나를 쳐다보는 그녀의 표정도 불안해 보였다.

나보다도 사이카가 훨씬 더 무서웠을 텐데…… 저렇게 당당한 모습을 보였어도, 마음속 깊은 곳에 새겨진 트라우마는 쉽게 사라지거나 없어지지 않으니 말이다.

"그건 그렇고 사이카…… 정말 굉장하다. 그렇게 당당하게 말하다니 깜짝 놀랐어."

"나도 정말 놀랐어. 하지만 아마 그렇게 말할 수 있었던 건 내가 변했기 때문이겠지……. 그리고, 옆에 카이가 있어줬으니까."

"그래, 만약 무슨 짓을 하려고 했어도 내가 지켜줬을 테니까!"

"……응♪"

이 정도로 단언할 수 있는 것도 파트너의 힘 덕분이었다.

하지만 파트너의 힘이 있든 없든 누군가를 지키기 위한 행동을 한다……. 그걸 스스로 할 수 있게 된 것을 보면 나도 나름 성장한 걸지도 모르겠다.

"좋아! 그럼 갈까."

"그러자."

그리고 다시 사이카를 바래다주는 와중에도 나는 그녀를 걱정했다.

하지만 그런 걱정은 완전히 기우였던 것일까. 사이카는 아빠와의 만남에 대해 조금도 신경 쓰지 않는 기색이었다.

이 정도면 괜찮겠지 싶어 나도 안심했다. 그리고 이제 곧 집에 도착하는 타이밍에, 사이카가 내 옷자락을 꽉 움켜쥐었다.

"사이카?"

"……."

사이카는 고개를 숙인 채로, 손을 놔줄 생각이 없어 보였다…….

'뭐랄까…… 어린애 같네.'

어른스러운 몸매를 가진 사이카는 당연히 아이처럼은 보이지 않았지만, 고개를 숙인 채 손을 놓지 않는 그 모습은 그야말로 어린아이를 떠올리게 했다. 역시 조금 전의 일 때문에 불안해하고 있는 거겠지.

“사이카.”

“……왜?”

“실은 지금부터 돌아가도 저녁까지 시간이 꽤 남을 것 같거든……. 그러니까 내가 시간을 때우는 동안 조금 더 같이 있어주지 않을래?”

“으, 응……! 고마워……!”

“상관없어.”

그래서 조금 더 사이카와 함께 보내게 되었다.

“……아아, 맞다.”

뒤늦게 무언가를 떠올린 나는 스마트폰을 손에 들었다.

파트너를 실행하고 불러낸 것은 그 관계도였다. 검은색 실에 뭔가 변화가 있지 않을까 생각했기 때문이다.

“……역시 그런가.”

그리고 아니나 다를까, 시커멓고 두꺼운 검은색 실이 나타나 있었다.

집요하게 내 이름을 노리고 다가오는 그 실은, 무라카미와의 일이 있었을 때 나타났던 실과 비슷했다. 지금 엄청나게 눈에 띄는 이 실이 사이카 아빠의 것이고, 무라카미 때 나타난 실이 그의 것이라고 한다면, 이 검은색 실은 아마 나를 향한 증오…… 나쁜 감정의 발로라 해도 좋겠지.

“카이? 왜 그래?”

"아니, 아무것도 아냐."

이것이 확실한 답인지는 모르겠지만, 아마 완전히 틀리지는 않을 것이다.

그나저나, 검은색 실의 양이 엄청나기는 하지만 그 모든 것이 마츠리 일행의 이름에서 뻗어나온 분홍색 실에 의해 튕겨 나가고 있으니…… 이 실에도 힘이 있다는 건가?

……일단 지금은 놔두자.

이 이상 고민을 이어간다 해도 옆에 있는 사이카만 곤란하게 만들 뿐이다. 그래도 어느 정도 대답이 나온 것은 맞았기에 그 부분만은 좀 후련했다.

▶▷

"마사키 군, 편히 있다 가렴."

"네! 감사합니다!"

"사이카를 부탁할게."

"아하하, 사이카가 외롭지 않게 신경 쓰겠습니다!"

할아버지와 할머니가 나가시고 카이와 단둘만 남게 되었다.

아빠와의 일을 떨쳐내지 못한 것은 아니지만, 그만 불안한 마음이 들어서 카이에게서 떨어지지 못했다.

"정말?"

"완전 괜찮아. 너무 늦은 시간만 아니면 아무 문제 없어."

카이는 씨익 웃으며 그렇게 말해 주었다.

어떤 상황이라도, 어떤 대화를 나누고 있어도, 카이의 저 미소를 보면 마음이 기쁨으로 벅차오르고 따뜻해진다. 이 감각이 나는 무척 좋았다.

'나는…… 카이와 보내는 날들이 좋아.'

나에게 카이는 정의의 영웅이나 다름없는 남자였다.

물론 그뿐만은 아니다. 야한 면도 있고, 어리광을 부리고 싶어하는 면도 있지만, 그 모든 면이 카이의 매력이라고 생각한다. 게다가 카이와의 야한 꿈까지 꿨을 정도니까…….

"윽……."

생각만 했을 뿐인데 뺨뿐만 아니라 온몸이 뜨거워졌다.

꿈처럼 몽글몽글한 감각 속에서 나 자신의 존재를 인식한 순간은 많았다. 그리고 그 모든 순간 공통적으로 등장하는 것은 바로 카이였다.

이에 관한 것을 마츠리나 에무에게 이야기한 적도 있는데, 그럴 때마다 우리는 부끄러움에 얼굴을 붉히기도 하고, 우리를 구해 준 그가 야한 일에 열정적으로 달려드는 모습이 반대로 흐뭇해하며 웃기도 했다.

'카이와 만날 때마다…… 오늘도 그랬어. 마치 꿈 같은 느낌 속에서 카이와 맞닿는 순간…… 내 가슴에 얼굴을 파묻는 카이는 귀여웠고, 이 큰 가슴을 좋아해 주는 것도 너무 기뻤어.'

그렇게 느끼는 것은 내가 카이를 무척 좋아하기 때문이

라고 생각한다.

이것은 마츠리나 에무도 말한 것이지만, 우리들의 입장에서 카이와 만나게 되면 반하지 않을 수가 없다. 꿈이라는 것을 인식하고 있는 그 순간에는 카이의 거짓 없는 마음이 드러나고, 거기서도 진심으로 우리를 걱정해 주는 마음이 느껴지기 때문이었다.

"저기~ 사이카~?"

"아, 응!"

……이런.

너무 생각에 빠진 나머지 카이를 놔두고 말았다.

"미안해."

"아니, 사과할 필요 없어!"

카이는 그렇게 말했지만 멍하니 있었던 내 잘못이 맞았다.

"……?"

어라……?

자연스럽게 카이를 조부모님의 집에 초대하긴 했지만, 내 방에는 지금 카이와 단둘뿐…… 새삼스럽게 그 사실을 강하게 의식하자마자 급격하게 뺨이 뜨거워졌다.

"카, 카이!"

"으, 응!"

부끄러움을 감추기 위해, 카이를 곤란하게 만들지 않기 위해…… 사실 이때의 나는 조금 제정신이 아니었다.

"게임……하지 않을래?"

"게임?"

"완전 긍정 게임……."

"……그게 뭐야."

나, 난 대체 무슨 말을 하고 있는 거야……!

완전히 냉정함을 잃었다. 일단 진정부터 해야 하는데, 나는 기세에 휩쓸려 그만 말을 이어가고 말았다.

"카이가 말한 걸 난 전부 긍정할게……. 그러니까 뭐든지 말해 줘. 카이의 말에 난 전부 고개를 끄덕일 테니까…… 이, 이를테면 야한 부탁이라도 완전 괜찮으니까……!"

"지, 지지지진정해, 사이카!"

몸을 내미는 나를 본 카이가 어깨에 손을 얹고 제지했다.

지금의 나에게는 그것조차 몸의 열을 올리는 요인이 되었고, 눈앞이 핑글핑글 돌며 정상적인 판단이 서지 않았다.

"자, 얼른! 카이! 뭐든 나한테 말해 줘……!"

몸이 뜨거운 것은 당연하고, 머리도 터지는 것이 아닐까 싶을 정도로 뜨거웠다.

조금 있으면 비틀거리면서 쓰러질지도 모른다……. 그런 내 시선 앞에서, 카이는 내게 부탁하고 싶은 것을 정한 것 같았다.

"그, 그럼…… 예전처럼 또 무릎베개를 부탁해도 될까?"

"무릎……베개?"

"아하하…… 안 될까?"

"……아니, 좋아, 해 줄게."

무릎베개…… 무릎베개라.

당연히 딱히 싫지 않았기에 허벅지를 가볍게 두드렸다. 그래도 덕분에 나도 조금은 진정할 수 있었다.

"그럼 실례할게……."

"응."

천천히 몸을 눕힌 카이는 내 허벅지에 머리를 얹었다.

가슴 때문에 카이의 얼굴을 제대로 볼 수는 없었지만, 몸에서 힘을 빼고 편하게 누운 것이 느껴졌다.

"사이카 말야."

"응?"

"가끔…… 좀 폭주하지?"

"윽……."

"에무를 닮았…… 아니, 아무것도 아니야."

에무를 닮았다는 게 무슨 말이지……? 에무도 나처럼 폭주할 때가 있다는 뜻일까?

"……음."

카이가 보지 못한다는 것을 기회 삼아 뺨을 부풀렸다.

여기에는 지금 나와 카이 밖에 없는데…… 게다가 이렇게 서로 닿아 있는데, 다른 아이의 이름은 부르지 않았으면 좋겠다.

물론 이건 그냥 내 투정이고, 에무도 친해진 아이이긴 하지만…… 지금은 내 생각만 해 줬으면 좋겠다.

"……에잇."

"사이카…… 무흡?!"

내 가슴은 카이의 얼굴 바로 위에 있다. 그래서 몸을 앞으로 기울였다.

그렇게 하자 내 가슴이 카이의 얼굴을 짓뭉갰다……. 짓뭉갰다는 표현은 조금 살벌한 표현이지만, 말랑할 테니까 괜찮겠지? 꿈속의 카이는 이렇게 해 줬을 때 무척 좋아했으니까.

"얍…… 얍."

완전 긍정 게임이 대체 뭘까.

스스로에게 그렇게 묻고 싶을 정도로, 지금의 나는 카이에게 공격적으로 변해 있었다. 어리광을 부리는 카이도 귀엽지만, 이런 식으로 수동적인 모습이 되어버리는 카이도 귀여웠다.

"저기, 사이카……."

"응♪"

부드러운 원단의 원피스라서 카이가 말을 하면 움직임이 고스란히 전해진다.

가슴에 짓눌린 카이가 내는 숨소리와 말을 할 때의 입 모양은 나에게 달콤한 전류 같은 자극을 느끼게 했고, 조금 더 이렇게 있고 싶다는 생각이 들었다.

한동안 그런 자세를 유지하고 있다가 나는 카이를 풀어주었다.

"……후우."

"미, 미안…… 좀 흥분했나봐."

"아니…… 나도 기뻤어. 아니, 나쁘지 않았어."

"……아으."

"……."

서로 입을 다문 채 침묵의 시간이 흘렀다.

힐끔힐끔 카이를 바라보자 카이 역시 나를 힐끔힐끔 바라보고 있었고…… 그때였다.

결코 싫지 않은 이 침묵 속에서, 나의 고막이 그 말을 담았다.

"최면!"

"윽!"

카이의 목소리가 들렸다고 생각한 순간, 또 그 이상한 감각에 휩싸였다.

"정말이지…… 나한테 이런 장난을 쳤겠다. 이제부터는 내가 주도권을 쥐고 멋대로 해 주마!"

"응…… 좋아."

아아…… 이 감각이다.

머리가 몽글몽글해지고, 카이에게 몸을 전부 맡기고 싶어진다. 그뿐만이 아니라 그가 주는 말 전부를 따르며 그 욕구를 채워주고 싶은 마음으로 가득 차게 된다.

"그나저나 무거웠지, 이 폭유는……. 고등학생 주제에 무슨 무기를 갖고 있는 걸까 늘 생각해…… 최고야."

"카이는 늘 기뻐해 주네."

"당연하지! 이건 나만의 거니까…… 나만의…… 그, 지금 지적 날릴 타이밍인데?"

"카이 거 맞으니까 부정할 수 없어."

"그, 그렇구나……."

내 가슴을 주무르면서 카이가 당황했다.

'이 감각…… 정말 뭘까?'

예전에 비해 훨씬 더 선명해진 이 감각의 정체는 아직 알 수 없었다.

하지만 그렇게까지 신경 쓰이지 않는 것은, 나로서는 딱히 곤란하지 않기 때문이었다. 이 시간은 카이가 나를 원해 줄 뿐만 아니라, 카이의 진심 어린 목소리와 마음이 전해져온다.

"아, 정말로 부드럽고 기분 좋아……. 계속 이렇게 있고 싶어."

"그래도 되는데."

"역시 계속 이러고 있을 순 없지……. 뭐, 그래도 이런 짓을 앞으로도 계속 하려면 사이카가 계속 웃고 있어야만 해. 그러니까 무슨 일 있으면 반드시 나한테 말해라? 안 그러면 마음 편히 내 멋대로 할 수 없으니까!"

"……응."

그래…… 카이의 본질은 이것이다.

카이는 언제나 나를 먼저 생각해 준다. 그뿐만이 아니라 무슨 일이 생기면 반드시 힘이 되어주겠다며 안심시켜

준다……. 게다가 그것은 말뿐만이 아니었다. 정말 카이가 있으면 무슨 일이 생겨도 괜찮을 것 같다고 느끼게 하는 힘이 있었다.

그리고 동시에 그런 카이이기에, 나는 무엇이든 허락할 수 있었다.

"카이."

"뭐야?"

"진실과 거짓을 하나씩 말해봐."

"뭐야, 그게."

카이는 내 물음에 고개를 갸우뚱했지만, 곧 입을 열었다.

"나 말이지, 실은 로리콤이야."

"거짓."

이건 거짓…… 심지어 새빨간 거짓말이라는 것을 금방 알았다.

카이는 곧바로 부정한 내 말에 쓴웃음을 짓더니 말을 이었다.

"오늘 사이카를 만나기 전에, 사소한 일로 목숨의 위기를 건졌을지도 모르는 여자를 만났어."

"그건 사실."

"오…… 알겠어?"

안다. 왜냐하면 이 감각일 때는 카이가 거짓말을 하고 있는지 진실을 말하고 있는지 알 수 있으니까……. 그렇기 때문에 나는 카이가 말하는, 거짓이 전혀 없는 그 말을 믿을 수 있는 것이다.

물론 평소의 나도 카이를 전적으로 믿고 있지만.

"망했다! 벌써 배터리가…… 젠장, 한창 좋을 때였는데!"

그 후, 몽글몽글하던 감각은 사라지고, 나는 평소의 나로 돌아왔다.

이번에도 뇌가 꿈과 비슷한 것으로 처리했는지, 그렇게까지 크게 신경은 쓰이지 않았다.

"슬슬 가봐야겠다."

"그러게……. 벌써 다섯 시가 다 되어가네."

깨닫고 보니 시간이 꽤 흘러 있었다.

좀 더 카이와 함께 있고 싶은 마음을 억눌러야겠다. 이 이상 독점해 버리면 마츠리나 에무가 질투할 테니까.

"으음~!"

몸을 일으킨 카이는 기분 좋은 얼굴로 팔을 쭉 뻗었다.

아쉬운 마음을 안고 카이를 현관까지 데려다주자 당연하다는 듯 할아버지와 할머니가 얼굴을 내밀었다.

"또 언제든지 놀러오렴, 마사키 군."

"다음에는 할머니 상대도 좀 해 주렴."

"아하하, 그땐 잘 부탁드립니다!"

그것이 현관에서 오간 대화였고, 밖으로 나가 카이를 배웅하는데…… 거기서 나는 신기한 것을 보았다.

"……응?"

착시였을까…… 검은색 실 같은 것이 보였다.

하지만 나는 그것을 순식간에 불길한 무언가로 인식했고, 동시에 꿈에서도 몇 번 나왔다는 것을 알아차렸다.

카이는 눈치채지 못했다……. 나는 소리를 내는 대신 실을 잡았다.

잡는 순간 힘없이 사라졌기에, 마치 처음부터 그곳에 아무것도 없었던 것처럼 보였지만…… 나는 확실하게 그것을 보았다.

"이야, 갑작스럽긴 했지만 잘 대접해 줘서 고마웠어, 사이카."

"아니, 나도 즐거웠어. 다음에는 다 같이 놀 때 만나려나?"

"그러게. 나도 엄청 기대하고 있어."

"나도 그래. 그럼 또 봐."

"응, 또 보자."

그 후 카이는 나에게서 몸을 돌렸다.

그 등이 보이지 않게 될 때까지 계속 쳐다보았지만, 결국 그 검은색 실은 무엇이었는지 알 수 없었다. 하지만 한 가지 확실한 것은, 카이가 우리를 지켜준 것처럼 나 또한 그를 지킬 것이라는 점이었다.

"……정말 즐겁고 두근거렸어."

집에서 있었던 일을 떠올리자 다시 몸의 열이 올랐다.

마츠리가 말해 줬던 것처럼, 나도 오늘 있었던 일을 이야기해 봐야지.

"후후, 뭐라고 하려나?"

마츠리는 과연 어떤 반응을 보일지 조금 기대된다.

"……또냐고."

어두운 공간 속에서 작게 중얼거렸다.

아무래도 나는 또 그 정체를 알 수 없는 꿈을 꾸고 있는 것 같았다. 홀로 어두운 공간 안에 우두커니 서 있었다.

"이제 그만 좀 봐줘."

이번에는 꿈을 다시 꾸는 간격이 좀 짧네. 그렇게 생각한 직후였다.

그 검은색 실이 무수히 나타나는가 싶더니, 그 안에서 몸이 만신창이가 된 남자가 나타났다.

"……또 이 아저씨인가."

이전까지만 해도 도와달라고 소리치던 남자는 이번에는 아무 말도 하지 않았다.

의식이 없는지 축 늘어진 그 모습은 마치 죽은 사람처럼 보일 정도였다. 그리고 뒤이어, 남자를 에워싸듯이 수많은 여성이 나타났다.

"겨우 사라졌네."

"우리에게 최악의 짓을 한 벌이야."

"최면 앱은 무슨, 헛소리나 하고!"

"여자를 무방비 상태로 만들어서 덮치는 쓰레기!"

오늘의 꿈은 유난히 선명했다.

증오가 담긴 여성들의 목소리가 여기까지 울려 퍼졌다. 동시에, 내 안에서는 상상에서만 존재했던 답이 도출되었다.

"저 아저씨도 최면 앱을 갖고 있었다는 건가?"

이는 어디까지나 이 광경에 대한 답에 지나지 않았다.

내가 파트너를 얻게 된 지 제법 시간이 흘렀는데, 가끔씩 알아봐도 세상에 최면 앱이라는 존재가 알려졌다는 이야기는 나오지 않았고, 그것으로 인한 피해자가 나왔다는 정보도 듣지 못했다.

그렇기에 실제로 이 사람이 누구인지, 여성들은 누구인지를 생각해도 어쩔 수 없다. 하지만 역시 이 검은색 실에 관해서는 신경이 쓰였다.

"너……."

"윽?!"

여자들 중 한 명이 나에게 시선을 향한 순간, 모두가 이쪽을 바라보았다.

남성을 향하고 있던 시선이 일제히 이쪽을 향한 모습은, 마치 큰 소리를 낸 탓에 좀비가 일제히 돌아본 것 같은…… 그런 영화의 한 장면을 연상시켰다.

"너도 머지않아 이렇게 될 거야."

"뭐……?"

"본인의 욕망에 몸을 맡기고 여성을 먹잇감으로 삼는다면 반드시…… 너도 이렇게 될 거야. 이 남자처럼 너도 벌을 받을 거라고!"

손가락질을 받은 순간, 돌풍이라도 일어난 것처럼 몸이 날아가 버렸다.

그대로 강하게 등을 부딪힐 줄 알았는데, 뻗어나온 검은색 실이 내 몸을 움켜쥐고 그대로 공중으로 들어올렸다.

"전…… 당신들에게 이런 짓을 당할 이유는 없는데요."

"입 다물어."

"쓰레기 주제에."

"여자에게 최면을 거는 인간 말종!"

윽…… 반박할 수가 없다!

몸을 묶고 있는 검은색 실이 너무나도 단단해서, 아무리 몸부림쳐도 풀리지 않았다.

이렇게 되어버린 이상 누군가의 도움을 기다릴 수밖에 없다……. 한심한 이야기지만, 또 한 번 마츠리 일행이 와 줄 거라 믿었고—— 그 소원은 무사히 전해진 것 같았다.

"왔다!"

어두웠던 공간에 금이 가고 빛이 쏟아져 들어왔다.

역시 그녀들이 구하러 와줬구나, 그렇게 생각했는데…… 거기서 나타난 것은 거대한 손이었다.

"소오오오온?!"

"뭐, 뭐야……?"

"저게 뭐야……?!"

깜짝 놀란 것은 나뿐만이 아니었다. 여성들도 마찬가지였다.

그 손은 여성의 손이었고, 게다가 어디선가 본 적이 있는 것 같은…… 몇 번이나 본 것 같은 그런 느낌이 들었다.

"……뭔가…… 가까워지는데?"

내 입장에서 그 손은 거인의 손이었다.

저 손에 잡히면 흉악한 얼굴을 한 거인의 입에 끌려가 우적우적 잡아먹히는 것은 아닐까. 그것을 상상한 순간, 여자들이나 검은색 실 따위는 아무래도 상관없게 느껴질 정도로 공포심이 일며 몸이 떨렸다.

게다가 그 손이 똑바로 나를 향해 오고 있는 탓에 더더욱 그랬다.

"자, 잠깐?!"

그 거대한 손이 내 몸을 움켜쥐었다.

곧이어 검은색 실을 찢어내듯 들어올린다. 그 부분에 대해서는 감사했지만, 나로서는 도움을 청하는 것은 당연한 수순이었다…… 여성들에게!

"사, 살려주세요!"

"아, 음……."

"아니, 어떻게 이겨, 이런 걸……."

"이봐아아아! 뭘 포기하는 거야, 매정한 인간들아아아아아!"

아까까지의 기세는 어디로 갔냐고, 이 바보들아아아!

연상의 여성에게 폭언은 좋지 않다는 것을 알고 있지만, 나도 그만큼 필사적이라는 걸 알아줬으면 좋겠다.

"우어어어어어어억?!?!"

필사적으로 몸부림쳤지만 이 손에서는 벗어날 수 없었다.

이 무슨 끔찍한 꿈이란 말인가……. 난 이대로 사악하고 난폭하고 귀신 같은 거인에게 먹히면서 눈을 뜨는 건가……. 최악의 꿈이라고 생각한 순간, 짝 하고 뺨에 강한 통증이 일었다.

"아?!"

그 아픔을 깨달음과 동시에 나는 눈을 떴다.

▶▷

"……이…… 카이!"

"윽?!"

고막이 떨릴 정도로 큰 소리와 뺨에 느껴진 통증에 눈이 떠졌다.

"뭐, 뭐야……?!"

"겨우 일어났구나, 동생아."

"누나……?!"

눈앞에 누나의 얼굴이 클로즈업되어 있었다.

잠에서 막 깬 직후였지만 갑작스러운 통증에 정신은 완전히 맑아졌다. 그럼에도 이 상황은 대체 뭔가 하는 의문이 들었다.

"네가 너무 안 일어나길래 살짝 때렸어."

"너무 불합리한 거 아냐?!"

누나가 때렸다는 건 알고 있었지만, 역시 너무한 거 아닌가……?!

마왕 같은 누나를 상대로 불평을 쏟아내려다가, 나는 말을 삼켰다.

왜냐하면 누나가 나를 쳐다보는 시선에 걱정이 담겨 있었기 때문이었다.

"네 상태를 좀 봐."

"……어?"

그 말을 듣고 알아차렸다……. 내가 엄청나게 땀을 흘리고 있었다는 걸.

파자마도 그렇지만 침대의 시트도 식어 있었다. 자고 있는 사이에 대량의 땀을 흘린 모양이다. 그것도 거의 식은 땀에 가까운 땀을.

"가볍게라도 때린 건 사과할게. 근데 네가 너무 심하게 잠꼬대를 하느라 말을 거는 정도로는 안 일어나더라."

"……진짜?"

"응, 안 좋은 꿈이라도 꿨어?"

"……."

안 좋은 꿈…… 확실히 안 좋은 꿈이긴 했다.

꿈속에 나온 등장인물들── 최면 앱을 사용한 남성과 그 남성에게 원한을 가진 여성들…… 나 역시 그에 대해 생각하는 바는 적지 않았지만, 그 이상으로 공포스러웠던 것은 바로 그 손이었다.

"……뭔가 엄청 무서운 여자들이 눈앞에 있었는데."

"응."

"그 사람들에게 잡혀가는 줄 알았더니, 갑자기 거대한 손이 나타나서 거기에 끌려가는 꿈이었어."

"……그게 뭐야?"

"그게 뭐야 싶은 꿈이었어."

누나 입장에서는 기껏 걱정해 줬더니 뭔가 싶겠지.

그런데 한 가지 알게 된 것은 있었다. 그 손은 나를 잡아먹으려던 거인의 손이 아니라, 그 꿈에서 구해 준 누나의 손이었다는 것이다.

"……어쨌든 고마워, 누나. 덕분에 꿈에서 벗어날 수 있었어."

"그래? 그렇다 해도 잠꼬대가 예사롭진 않던데, 별로 그렇게 신경 쓰는 것 같진 않네?"

"뭐, 그렇지."

"그렇다면 다행이고. 만약 또 무서운 꿈을 꾼다면……어디 보자."

누나는 팔짱을 끼고 생각에 잠기더니, 잠시 후 뭔가가 떠올랐는지 피식 미소를 지었다.

"너무 무서우면 나한테 의지해도 돼. 곤경에 처한 동생을 위해 발 벗고 나설 테니까."

"으, 응……."

"옆에서 같이 자줄게."

그렇게 말하며 지은 누나의 미소는 눈이 부셨다.

마지막까지 동생인 나를 생각하고 걱정해 주는 그 애정에, 방심하면 가슴이 벅차올라 눈물이 날 것 같았다……. 물론 거기까지 말하진 않겠지만, 역시 누나는 아무리 지나도 누나구나.

"고마워, 누나."

"응♪"

"같이 안 자줘도 괜찮아. 오히려 누나가 외롭다고 내게 달려올 법한 체형이니까——."

"……흐음?"

"아……."

말실수를 했다고 생각했을 때는 이미 늦었다.

엄청난 속도로 자세를 바꾼 누나가 내 두 다리를 단단히 붙잡더니, 그대로 자신의 다리를 내 사타구니에 고정시켰다.

"무슨…… 설마?!"

"흐흥, 이건 누나를 놀린 동생에게 주는 벌이다!"

"끄아아아아아아아아아아악?!"

요즘 시대에 그런 기술은 구식이라며 불평할 새도 없이, 나는 또 한 번 누나에게 졌다……. 이 마왕 자식, 대체 언제쯤 돼야 내가 이길 수 있는 걸까.

"일단 아무 일도 아니라면 됐어. 엄마랑 아빠도 안 계시니까 아침은 내가 만들어줄게. 얼른 내려와."

"……옙."

누나에게 더럽혀져 버렸다……라는 것은 농담이고, 생각해 보면 더 어렸을 때부터 그런 식으로 무력화되는 일이 있었구나 싶어 잠시 감상에 젖었다.

"……뭐, 그래도 고마워, 누나."

그래도 감사의 마음은 잊지 않았고, 누나를 존경하고 좋아하는 마음도 언제나 갖고 있었다.

그 후, 아침 식사를 마친 뒤 잠시 멍하니 앉아 있었다.

토요일인 어제에 이어 일요일인 오늘도 별다른 예정은 없었다……. 그럼에도 나는 이런저런 생각에 잠겨 있었다.

"……꿈에 대해서도 그렇지만, 어제는 어제대로 일이 많았지."

꿈 문제 이전에, 어제는 사이카와 너무나도 알찬 하루를 보냈다.

오랜만에 만난 누나와의 재회로 푸근한 마음을 느낀 후 사이카와 보낸 알차고 야한 시간……. 게다가 그녀의 방에서 그 가슴을 마음껏 만끽했던 최고의 토요일이었다.

"마츠리와도 방과 후 데이트를 했었고, 사이카와도 주말 데이트를 했었고…… 요즘의 나는 굉장히 충실한 나날을 보내고 있구나!"

그러나 팔짱을 끼고 다시 한번 생각에 잠겼다.

이것도 몇 번 정도 생각한 일인데, 최면 앱을 사용하는 쪽인 내가 사용당하는 쪽인 그녀들과 이 정도까지 사이가 좋아진 것이 신기했다.

"만약…… 만약의 이야기지만, 내가 그 꿈에서 본 남자처럼 마츠리 일행에게 그 정도로 증오를 받게 됐다면 어떻게 됐을까?"

그런 것은 굳이 고민할 필요도 없다……. 나도 분명 검은색 실에 묶여 그 남자와 같은 결말을 맞이하겠지.

"……하아, 싫다, 싫어."

귀한 일요일에 이런 어두운 생각을 하고 있기엔 아까웠다.

오늘도 또 잠깐 나가볼까……. 어제와는 달리 최면 상대를 찾는 것은 아니었고, 그저 마음 가는 대로 산책을 하고 싶었다.

"어쩌면…… 이 흐름이라면 에무를 만날 수 있을지도 모르고?"

여기서 만나면 기적이겠네. 그렇게 생각한 나는 웃으면서 준비를 마쳤다.

다만 계속 뇌리에 남아 있는 말이 있었다……. 그것은 그 여성에게 들은 말로, 나도 머지않아 그 남성처럼 될 거라고 하던 말.

그것이 수면을 흔드는 파문처럼 계속 내 귓가에 남아 있었다.

"누나, 잠깐 나갔다 올게."

누나에게 말을 남기고 거리로 나간 나에게는, 뜻밖의 만남이 기다리고 있었다.

"……거짓말."

"……어?"

때마침 건물에서 나온 에무와 마주친 것이다.

"에무……?"

"카이 선배……?"

쇼핑백을 소중히 끌어안은 에무가 눈을 동그랗게 뜨고 있었다.

그 반응은 나도 마찬가지였다. 설마하니 정말 만날 거라고는 생각하지 못했기에 나온 놀라움이었다.

"우연이네……?"

"그렇……네요?"

"……그럼 이만."

에무에게 그렇게 말한 나는 가던 길을 향해 다시 걷기 시작했다.

'……잠깐, 모처럼 에무를 만났는데 왜 지나치는 거야?!'

아냐아냐, 역시 만났으니까 잠깐 이야기라도 나누자.

그렇게 생각하며 멈춰 선 순간 누군가 등에 부딪혔고, 사랑스러운 작은 비명이 들렸다.

"뭐, 뭐예요…… 갑자기 멈추지 마세요, 카이 선배."

"미안…… 아니, 왜 그렇게 바싹 붙어 있는 거야!"

"카이 선배가 아무 말도 없이 가버리니까 그렇죠."

"그건, 뭐…… 그렇긴 하지."

그렇다며 에무는 고개를 끄덕였다.

체크무늬로 된 깔끔한 옷을 입고 있는 에무는 귀한 가문의 아가씨 같은 분위기를 풍기며 주위의 시선을 사로잡고 있었다.

역시 에무는 아가씨답다고 해야 할까, 평범함과 동떨어진 분위기를 두르고 있는 것처럼 보였다. 내용물은 구제할 길 없는 M녀지만.

"그래서…… 무슨 일이야?"

"아…… 그게……."

쇼핑백을 꽉 움켜쥔 에무가 고개를 숙였다.

가끔씩 고개를 들고 나를 보았다가 시선을 돌리는 그 모습은, 마치 존재하지도 않는 말을 필사적으로 찾고 있는 것처럼 보였다.

"혹시…… 별다른 볼일은 없지만 날 봤으니까 무작정 쫓아왔다는 건가?"

"아으…… 네."

"……."

이번에는 종이 봉투로 얼굴을 가려버린다……. 뭐야, 귀엽게.

하지만 마침 잘됐다는 생각에 입꼬리가 올라갔고, 차마 에무에게는 보여줄 수 없는 음흉한 표정이 되고 말았다.

'설마 에무까지 만나다니…… 큭큭, 에무는 내 놀이 시간의 상대가 되어줘야겠어!'

그렇게 결정된 이상 남은 것은 행동뿐이다. 나는 사이카

때처럼 에무를 건물 뒤편으로 유도……하려고 했는데, 근처에 있던 횡단보도에서 보행자들이 건너기 시작한 타이밍에 할아버지가 쇼핑백을 떨어뜨렸다.

"아~……."

안에 들어 있던 물건이 떨어지고 할아버지가 허둥지둥 그것을 주웠다.

하지만 기민하게 움직일 수 있을 정도의 나이는 아니었기에 그대로 가면 신호등이 빨간색이 될 것 같았다.

"잠깐 다녀올게."

에무에게 그렇게 전하고 할아버지의 곁으로 달려갔다.

"줍는 거 도와드릴게요."

"이런, 미안하구나……."

괜찮다는 뜻을 담아 할아버지에게 미소를 지어주고, 떨어진 물건들을 서둘러 주웠다.

"카이 선배, 저는 할아버지를 먼저 건너편까지 데려다드릴게요."

"응. 고마워, 에무."

"아니에요. 할아버지는 이쪽으로…… 선배가 전부 주워주실 테니까 안심하세요."

"그래, 이거 미안해서 어쩌나."

에무의 완벽한 보조에 엄지손가락을 들어올리자, 그녀는 익숙하지 않은 모습으로 똑같이 엄지손가락을 들어올렸다.

에무가 친하게 지내는 남자는 애초에 없었고, 여자들 간의 대화에서도 이런 일은 잘 하지 않을 테니까…… 그렇게 생각하면 방금 그건 사진에 넣고 싶을 정도로 희귀한 장면이었을지도 모른다.

"좋아, 이걸로 다 주웠다."

그건 그렇고 할아버지, 이제부터 병문안이라도 가는 건가 싶을 정도로 과일이 엄청나게 많네…….

"카이 선배! 곧 신호 바뀌어요!"

"오케이~!"

에무의 외침에 곧바로 두 사람에게 달려갔다.

"받으세요, 할아버지. 다 주웠어요."

"고맙구나. 지금부터 할멈 병문안을 가는 길이었거든."

"아하."

"그러셨군요."

역시 병문안이었던 모양이다.

할아버지는 쇼핑백에서 쿠키 상자를 꺼냈다.

"이건 주워준 답례다. 사양하지 말고 받아주렴. 아니면 여기서 움직이지 않을 게다."

"……그런 식으로 저희가 도망갈 구멍을 막으시다니, 만만치 않은 성격이시네요."

"허허허! 난 그저 보답을 하는 것뿐이야."

할아버지는 등을 돌리고 작게 손을 흔들며 걸어가셨다.

일단 자세히 들어보니 할머니는 큰 병이 아니라 금방 퇴

원할 수 있다고 했다. 나와 에무와는 조금도 관련이 없었지만, 우리는 동시에 안도의 한숨을 내쉬었다.

"하아, 갑자기 여러 일이 몰아쳤네."

"그러게요……. 그보다 카이 선배."

"왜?"

"이런 상황에서도 몸이 먼저 움직이는군요……. 존경스럽다고 생각했어요."

"……뭐, 그냥 지나칠 수는 없으니까. 몸이 먼저 움직인다는 점에서는 에무도 같다고 생각하는데?"

"그야 그냥 둘 수는 없었으니까요."

뭐야, 결국 생각하는 게 똑같네.

둘이서 키득키득 웃고, 다시 한번 앞으로 어떻게 할지에 대해 이야기했다.

"아, 죄송해요, 카이 선배……. 화장실 좀 다녀올게요."

"그럼 여기서 기다릴게."

"감사합니다."

"짐 내가 들고 있을까?"

"……그럼, 부탁드릴게요."

종이 봉투를 이쪽으로 건네준 에무는 화장실로 향했다.

건물 안으로 사라진 그녀의 등을 배웅한 뒤, 내 시선이 향한 곳은 손에 들린 종이 봉투였다.

"……가볍네."

봉투의 크기와 단단하게 봉해진 것에 비하면 내용물은

가벼웠다.

딱히 에무가 없다고 안을 확인해 볼 생각은 없었고, 뭘 샀는지도 내가 알 바는 아니었다.

"좀 궁금한 건 어쩔 수 없지만."

왜냐면 에무는 이걸 건네줄 때 망설임은 없었지만…… 실제로 건네줬을 때의 표정은 굳어 있었으니까, 묘하게 신경이 쓰였다.

중요한 물건일까, 아니면 별로 알리고 싶지 않은 물건일까……. 뭐야, 그런 생각을 하다보니 엄청나게 신경 쓰이기 시작했는데?!

"……이런, 위험해 보이는 무리네."

문득 이쪽을 향해 걸어오는 집단이 눈에 들어왔다.

위험하다고 말하는 건 실례일지도 모르지만, 이 근방에서는 거의 볼 일이 없는 화려한 외모를 가진 여성 4인조였다.

"그래서~? 지금부터 어디 가는 거야?"

"그보다 왜 아침부터 모였어?"

"뭐 어때~. 가끔은 일찍 일어나는 것도 좋잖아."

"완전 짜증…… 뭐, 순순히 나온 나도 웃기지만."

나 같은 순박한 고등학생이 엮일 일은 없었기에 스윽 길을 비켜주었다…… 하지만.

"자, 잠깐, 밀지 마!"

"그럼 좀 더 빨리 연락했어야지!"

"꺄악?!"

작은 비명 소리가 들리는가 싶더니 등에 충격이 느껴졌다.

제법 힘이 강한 탓에 자세가 무너졌고, 넘어지지는 않았지만 에무에게서 건네받은 종이 봉투가 떨어졌다. 게다가 나에게 부딪쳐 온 여성…… 화려한 4인조 중 한 사람이 힐로 그것을 밟아버렸다.

"아……."

"어머, 뭐 밟았어~?"

발은 금방 떨어졌고, 나는 황급히 종이 봉투를 회수했다.

힐의 뾰족한 부분 때문에 봉투에는 완전히 구멍이 뚫려버렸지만, 안에 든 물건은 아마 무사……할 것이다.

"미안해~."

"뭐야뭐야~ 뭐 밟았어?"

"글쎄~? 나랑 상관없어~."

"……뭐?"

나도 모르게 그런 작은 목소리가 나오고 말았다.

떨어뜨린 내 잘못이라고 하면 할 말은 없지만…… 그렇다고 남의 물건을 밟고 헤실거리면서 자기랑 상관없다고 말하는 건 경우가 아니지 않나? 미안한 기색 하나 없는 여성들…… 아니, 이 경우엔 봉투를 밟은 여자일 뿐이지만, 나는 나도 모르게 노려보고 말았다.

"왜? 뭐 할 말 있어?"

불만 있냐며 한 여성이 나를 노려보았고, 다른 세 사람은 재미있다는 얼굴로 히죽히죽 웃고 있었다. 이 상황에서는 그것마저도 불쾌한 광경으로 보였다.

"떨어뜨린 건 제 잘못이에요. 하지만 남의 물건을 밟아 놓고 상관없다고 하는 건 좀 아니지 않나요?"

"설교라도 하려는 거야? 완전 어이없는데."

빠직, 내 안에 있는 무언가가 끊어질 뻔했다.

곧바로 주머니에서 스마트폰을 꺼내 충동 대로 최면을 걸어 수치를 안겨줄까도 생각했지만…… 나를 바라보는 그녀들 네 사람의 모습이 어딘가 꿈에서 본 광경과 겹쳐보이고 말았다.

"윽……."

"좀 겁먹은 것 같은데?"

"네가 무서우니까 그렇지."

"아니, 그치만 얘가 건방지게 굴잖아~."

"얘가 폼을 잡았으면 좀 져주는 척이라도 해 주면 좋았잖아. 딱 봐도 여친도 없어보이는데."

제멋대로 지껄여대는 말에, 주위에서 쏟아지는 시선은 대부분 동정이 섞인 시선이었다.

분하다고 하면 분했지만, 그래도 꿈이랑 조금 겹쳐봤다는 이유만으로 이렇게 겁을 먹다니…… 하아, 생각보다 신경을 쓰고 있었나보다.

"야, 뭐라고 말 좀 해 봐. 네가 먼저 시작했잖아?"

"잠깐, 이제 그만해."

"아니 연하 주제에 짜증나게 굴잖아."

그렇게 말한 여자는 내 어깨를 강하게 밀었다.

여전히 히죽거리는 미소를 지은 그 여자가 한 발짝 다가왔을 때, 화장실에 갔던 에무가 돌아왔다.

“오래 기다리셨죠, 카이 선배.”

“아, 아니.”

“누구……?”

에무의 등장에 여성들은 입을 쩍 벌린 채 말을 잃었다.

외적인 부분만으로도, 에무에게 엄청난 패배감을 느낀 표정으로 바뀌어갔다.

“제가 없는 동안 이상한 사람들에게 엮이신 모양이네요…… 죄송해요, 카이 선배.”

“아니…… 어쨌든 어서 와.”

“다녀왔어요♪ ……그래서.”

미소를 짓고 있던 에무는, 갑자기 무표정으로 바뀌었다.

무슨 생각을 하고 있는지 알 수 없는 무기질적인 눈동자가 여성들에게 향한 순간, 그녀들의 어깨가 움찔 떨렸다.

“딱 보기에도 여친 없어보인다는 부분부터는 들었어요. 태도가 글러먹은 사람들은 보는 눈까지 흐려지는 건지…… 뭐, 당신들에 대한 건 아무래도 상관없어요.”

그렇게 말하며 에무는 찢어진 종이 봉투를 바라보았지만, 결코 화를 내지는 않았다.

그저 찢어진 부위를 몇 차례 살펴보더니 괜찮다고 말하며 다시 한번 여성들을 바라보았다.

'……에무가 무서워.'

에무의 무기질적인 눈은 곁에 있는 나에게는 날아오지 않았다……. 그럼에도 에무에게서 느껴지는 서늘함은 얼음 여왕이라는 그녀의 별명을 떠올리게 했다.

"선배는 굉장히 강한 사람이에요. 그러니 당신들의 말에 기분이 좋진 않았겠지만 동요하지 않았다는 것도 확실하죠――. 하지만 선배에 대해 나쁘게 말하면 제 기분이 나빠지거든요."

거기서 에무는 한번 말을 끊었다가…… 다시 이었다.

"선배는 당신들이 생각하는 그런 사람이 아니에요. 저에게는 존경할 만한 사람이고 멋진 사람이라고 단언할 수 있거든요. 제 말은 굳이 기억할 필요 없어요. 그저 개인적으로 말하고 싶었던 것뿐이니까요."

에무는 그렇게 단언했다.

그녀의 말에도 여자들은 한마디도 끼어들지 못한 채 멍하니 이쪽을 바라볼 뿐이었고, 받아치려는 기색도 없었다.

여성들도 자존심은 높아 보이는데, 그럼에도 에무에게 압도당한 모습이었다.

"그럼 선배, 갈까요?"

"아, 응……!"

그대로 에무의 손에 이끌려 여성들과 멀어져갔다.

여자들의 모습이 보이지 않게 된 타이밍에 에무는 멈춰섰고, 나는 뒤늦게 떠오른 사실에 고개를 숙였다.

"미안해, 에무! 이거……."

"……아~ 그러고 보니 맡겨뒀었죠."

……반응이 너무 가볍지 않나? 쇼핑백을 받아든 에무는 안에 손을 넣어 내용물을 확인했다.

"괜찮아요. 망가진 것 같지도 않고요."

"……그렇구나."

나는 다행이라는 생각에 안도의 한숨을 내쉬었다.

하지만 그렇다 해도 내가 그걸 떨어뜨리지 않았다면 밟힐 일도 없었을 것이고, 그 여자들과 말다툼을 벌일 일도 없었을 것이다……. 좀 더 말하자면, 에무가 그렇게까지 말하게 만들 필요조차 없었을 것이다.

"카이 선배, 정말 신경 쓰지 마세요."

"……그래도, 나 좀 한심했잖아."

"그런가요? 오히려 그렇게 똑바로 노려볼 수 있었던 건 칭찬받아 마땅한 용기 있는 행동이었다고 생각하는데요."

"그건…… 단순히 용서할 수 없었던 것뿐이야. 내가 떨어뜨리지만 않았으면 될 일이지만, 남의 물건을 밟아놓고 아무 상관없다는 식으로 말하는데 아무 말도 안 할 수는 없잖아."

"도중부터 듣긴 했지만, 확실한 건 저를 위해 화를 내줬다는 거죠……. 그렇다면 제가 카이 선배에게 할 말은 감사하다는 말뿐이에요."

에무가 안고 있는 봉투에는 구멍이 나버렸지만, 그녀의

미소가 내 불안했던 마음을 안심으로 채워주었다.

"……그렇게 말해 주니 안심이 되네."

"네♪"

에무가 이렇게까지 말해 준다면 나도 더는 신경 쓰지 말자.

'하지만…… 묘하게 꿈속의 광경과 겹쳐보였어. 생각했던 것 이상으로 꿈에 대해 신경 쓰고 있었던 걸까, 나도.'

누나한테도 그런 식의 말을 들었는데, 내가 언제부터 이렇게 섬세한 성격을 갖고 있었나 싶어 쓴웃음이 났다.

"무슨 일 있어요?"

"아니? 그냥 내가 이렇게 섬세했나 싶어서."

"섬세……? 카이 선배가?"

"야, 나답지 않다고는 생각하지만 그런 반응은 실례지, 후배."

에무의 머리에 손을 얹고 조금 강한 힘으로 북북 쓰다듬었다.

그녀에게 화가 난 것은 아니지만, 선배로서의 위엄은 보여줘야 하니까.

손을 뗀 타이밍에는 에무의 머리는 흐트러져 있었다. 뒤늦게 후회가 밀려온 나는 곧바로 손을 뗐다.

"미, 미안…… 너무 과했네."

헝클어진 머리를 정돈하며 고개를 든 에무는 볼이 붉어져 있었다.

그 표정은 수줍음도 분노도 아니었다. 어딘가 황홀해하는 것처럼 보이는데, 아마 내 착각은 아닐 것이다.

"……에무?"

"……! 갑자기 뭐 하는 거예요, 카이 선배!"

여전히 볼은 붉은 상태로, 풀리려던 볼을 다잡은 에무가 날카로운 표정으로 이쪽을 노려보았다. 하지만 조금 전의 표정을 봐버려서 그런지 지금의 에무에게 박력은 느껴지지 않았다.

"미안하다니까."

"……카이 선배니까 용서해 드릴게요."

새침하게 고개를 돌린 에무는 그렇게 말했다.

M의 편린이 고스란히 드러난 표정이었다는 건 그렇다 치고, 머리를 헝클어뜨린 것은 미안했기에 용서를 받고 안심했다.

그 후 우리는 정처없이 계속 걸었다.

500미터 정도 말없이 걸어갔을 즈음에, 나는 결국 참지 못하고 에무에게 물었다.

"……우리 어디로 가는 거야?"

"……글쎄요?"

목적이 없는 것은 에무도 마찬가지였던 모양이다.

생각해 보면 아까 만나서 뭘 할까 이야기를 나누기도 전에 할아버지 일이 생겼고, 또 곧바로 그 여자들 일이 있었으니까.

"그, 그럼!"

"응?"

"저, 이걸 집에 놔두고 싶은데…… 지금부터 저희 집에 같이 가실래요?"

"그…… 괜찮아?"

"네! 저기…… 가끔은, 이라고 말하면 좀 이상할지도 모르지만, 카이 선배와 단둘이 대화해 보고 싶었거든요."

잠시 고민한 나는 이 기회를 놓칠세라 그 제안에 냉큼 고개를 끄덕였다.

애초에 에무를 만날 수 있을지도 모른다고 생각하고 외출한 거니까…… 오히려 잘됐잖아!

"그럼 바로 가죠!"

내 속마음을 아는지 모르는지, 에무는 그저 웃는 얼굴로 앞서서 걸었다.

그런 에무의 뒤를 따라 걷고 있는데, 나쁜 의미로 이 길 위에서의 기억이 되살아났다……. 에무를 따라다니던 남자가 있던 전봇대 근처였기 때문이다.

"……설마 없겠지."

나는 걸음을 멈추고 은근슬쩍 등 뒤의 모습을 확인했다.

시야 안에 수상해 보이는 사람의 모습은 없었고, 교묘하게 어딘가에 숨어 있는 기척도 느껴지지 않았다.

"카이 선배?"

"……아니, 미안해."

"혹시…… 수상한 사람이 없는지 걱정해 주신 건가요?"

"조금…… 신경 쓰여서."

학교에서 최면 상태의 에무에게는 늘 확인하고 있지만, 본인이 눈치채지 못하는 사이에 겪는 일도 있을 수 있으니까…… 게다가 최근에 마츠리는 전남친과, 사이카는 아빠와 마주쳐서 말다툼을 벌인 직후라 더더욱 걱정이 됐다.

"제가 인식한 선에서는 괜찮다고 생각하는데…… 그래도 그렇게 걱정해 주시는 게 기쁜 것도 사실이에요."

"그야 당연히 걱정하지."

하지만 뭐, 이 모습을 보니 정말 걱정할 필요는 없을 것 같다.

"스토킹 같은…… 그런 일이 비극적인 일로 발전하는 모습을 뉴스 같은 데서 보니까 좀 신경이 쓰였어."

"그렇군요……. 확실히 그건 무섭긴 하죠. 그 사람은 이미 경찰에 잡혔다고는 하지만, 출소했을 때 원한을 품지 않으리라는 보장도 없으니까요."

내가 걱정하는 것도, 에무가 말한 것도 가능성은 낮을 것이다.

하지만 그렇기 때문에 에무가 괜찮은지 걱정되고, 이렇게 친해진 이상은 지켜주고 싶었다.

마츠리나 사이카와 똑같이, 파트너의 힘을 써서라도 반드시 구해 주고 싶었다.

'만약 무슨 일이 생기면 마음 놓고 내 멋대로 할 수 없으

니까……. 내 욕망을 위해서라도 절대 상처받아서는 안 돼.'

음, 이거야말로 악당다운 생각이군, 하며 나는 크게 고개를 끄덕였다.

그러는 사이에 에무의 집에 도착했다. 들어보니 부모님은 밤까지 돌아오지 않는다고 해서 지금은 우리 둘뿐이었다.

"거실에서 쉬고 계세요. 짐을 놓고 올게요."

"그래."

거실에 혼자 남겨진 나는 흠, 하고 팔짱을 꼈다.

설마 연달아 여자애의 집에 오게 되다니…… 새삼스럽지만 자신의 일인데도 믿기지가 않았다.

"그보다 말이지? 에무의 인식으로는 나는 이 집에 처음 온 셈이 되는 건가?"

이곳에 왔을 때는 파트너의 힘을 썼던 상황이었으니까, 괜히 실수해서 들키지 않게 조심해야지……!

"그건 그렇고…… 여자애의 집이라니!"

에무에게 들키지 않게 표정은 다잡고 있었지만, 역시 여자애의 집에 왔다고 생각하니 흥분되는구나…… 크윽! 빨리 돌아오지 않으려나!

"……오."

안절부절못하며 에무를 기다리고 있는데, 선반 위에 놓인 액자에 시선이 갔다.

어린 에무와 부모님……?

세 사람이 미소를 짓고 있는 사진이었는데, 특히나 에무를 안고 있는 아빠의 미소에서 딸 바보의 냄새가 풀풀 풍겼다.

"가족 사이도 좋다고 했었지…… 흐음, 보기 좋네."

가족이란 둘도 없는 존재니까…… 에무가 앞으로도 가족과 계속 사이좋게 지냈으면 좋겠다.

"……크큭, 하지만 아저씨, 아줌마…… 죄송합니다. 저는 이미 댁의 따님에게 독니를 뻗었거든요…… 크하하하!"

"카이 선배? 무슨 일 있어요?"

헉――?!?!

방금 그 큰 웃음은 그렇다 치고, 말하고 있던 내용을 들킨 건가 싶어 바로 뒤를 돌아보았지만 에무는 고개를 갸우뚱하고 있을 뿐이었다. 지금 막 와서 듣지 못한 건가?

"잠깐 발성 연습하고 있었어."

"발성 연습? 아까 그 웃음소리…… 엄청 악당 같던데요?"

"잘 어울렸지?"

"그럴싸하긴 하더라고요."

좋아, 들키지 않아서 한시름 놨다…… 후우.

에무와 단둘이 있는 이상 파트너의 힘을 써서 지금 당장이라도 마음대로 하고 싶었지만, 조금 더 맨정신인 그녀와의 시간도 즐기고 싶었다.

"받으세요, 주스와 과자예요."

"고마워."

신경 쓰지 말라고 말하긴 했는데, 주스와 쿠키가 놓였다.

초콜릿을 듬뿍 바른 쿠키라 엄청 맛있어 보였다. 이런 과자를 보니 누나가 와구와구 아이처럼 먹는 모습이 떠올랐다.

"왜 그러세요?"

"아니, 우리 누나가 엄청 좋아하겠구나 싶은 과자라서."

"카이 선배의 누나…… 아직 만난 적은 없죠."

"마츠리네한테 들었지? 어린애 같은 외모를 가진 누나야."

"아하하…… 귀여운 외모라는 말은 들었어요."

어떻게 반응해야 할지 모르겠다는 얼굴로 말한 에무를 바라보며 과자를 입에 넣었다.

"엄청 맛있다, 이거."

"아빠가 출장지에서 사다 주신 거예요."

"호오…… 근데 그런 걸 내가 먹어도 돼?"

"괜찮아요. 저도 먹을 거니까요."

그렇게 말하며 에무도 쿠키를 입에 가져갔다.

"아음…… 쪽……."

손가락에 묻은 초코를 날름 핥는 모습에 그만 심장이 두근거렸다.

딱히 더럽다는 생각은 안 들고, 그저 야하다는 생각뿐이었다. 그리고 에무 같이 쿨한 여자가 하니까 더더욱 야해 보였다.

너무 빤히 쳐다봐서인지 에무와 잠시 시선이 교차했다.

관능적인 분위기가 느껴지는 그 곁눈질에, 심장이 크게

두근거려서 황급히 시선을 돌려버렸다.

'……그보다 얼굴 빨갛지 않나?'

에무의 모습에 살짝 위화감이 느껴졌다.

나처럼 부끄러움으로 얼굴을 붉히고 있기보단, 마치 열이라도 난 사람처럼 뺨을 물들이고 있고 숨결도 조금 거칠다……?

"에무…… 열이라도 있어?"

"……느에?"

"……목소리도 좀 이상한데?"

이건…… 정말 상태가 안 좋아 보인다.

의자에서 일어나 다가가자 에무는 힘이 빠진 표정으로 나를 바라보았다. 그리고 한기라도 든 것인지 몸을 움찔 떨었다.

"감기라도 걸린 거──."

"괘, 괜찮아요! 잠깐 다시 방에 다녀올게요…… 으응!"

예삿일이 아니라고 생각했더니, 에무는 재빠른 움직임으로 거실을 빠져나갔다.

"……뭐야, 대체."

정말 어떻게 된 거지?

지금까지 본 적 없는 모습에 나까지 불안감이 커졌지만, 얼마 후 다시 돌아온 에무는 평소와 같이…… 그야말로 밖에서 대화를 나누고 있을 때와 같은 평소의 모습으로 돌아가 있었다.

"오래 기다리셨죠."

"……괜찮은 거야?"

"네, 괜찮아요."

괜찮으면 상관없지만…… 아니, 잠깐.

이렇게 바보같이 솔직하게 물어보지 않아도, 나에게는 파트너의 힘이 있으니까 자백을 받아낼 수 있잖아.

이런, 잠시뿐이라고는 해도 내가 가진 힘을 잊다니 나도 아직 멀었구나.

"그건 그렇고 기분이 이상해요. ──이렇게 집에, 부모님이 없는 상황에 제가 이성을 초대한 적은 없었거든요."

"그렇구나……."

"그래서 긴장될 줄 알았는데…… 역시 카이 선배라 그런지 별로 긴장되지는 않네요. 마치 몇 번이나 이곳에 초대한 적이 있는 것 같은 기분이 들어요."

"그, 그렇구나……."

네 기억이 없을 때 방문했었지, 응.

에무는 액자를 손에 들고 천천히 이야기를 시작했다.

"옛날의 저는 이렇게나 표정이 풍부했는데, 지금의 전 많이 변했구나 싶어요. 몸이 성장하면서 귀찮은 일이 늘어난 것도 있고, 그럴 의도가 아닌데 미소를 지은 것만으로 상대가 착각을 하기도 해서…… 뭐, 제 얼굴에 자신감이 있어서 할 수 있는 말이긴 하지만요."

"혹시 에무가 쿨해진 건…… 그러니까, 얼음 여왕이라고 불릴 정도로 무표정하게 된 건 그런 이유 때문이야?"

그렇게 물어보긴 했지만, 아마 그렇지 않을까 생각했다.

에무 정도의 미소녀라면 이성에게 미소를 지어주는 것만으로도 상대가 의식할 것 같고, 실제로 스토킹 행위까지 당했을 정도니까…… 에무도 역시 고생이 많다는 거겠지.

"그 이유도 있지만, 가장 큰 이유는 다른 거예요."

"어?"

"뭐라고 생각하세요?"

"……으음."

팔짱을 끼고 에무가 말한 이유를 고민해 보았다……. 잠시 생각해 보았지만 이렇다 할 대답은 나오지 않았기에 포기한다는 의미를 담아 양손을 들어보였다.

"모르겠어."

"그렇겠죠. 만약 정답을 맞힌다면 부끄러워서 죽어버릴지도 모르지만…… 그래도 그것도 나쁘지는 않을 것 같아요."

에무는 양손을 볼에 대고 부끄러운 얼굴로 몸을 비틀었다.

"뭐야……?"

"후후, 이 주제에 관해서는 비밀로 해 주세요. 하지만…… 어쩌면 언젠가 이야기할 날이 올지도 모르겠네요♪"

그런 식으로 애를 태우면 신경 쓰이지 않을 리가 없었다. 나는 곧바로 주머니에서 스마트폰을 꺼냈고, 에무에게 최면을 걸기 위해 파트너를 실행했다.

궁금한 것은 바로 해결한다. 그게 방금 정해진 내 좌우

명이다.

그러니까 미안하다, 에무. 네 비밀은 곧바로 밝혀내주마!

『너도 머지않아 이렇게 될 거야』

당당하게 에무에게 최면을 걸려는 순간, 뇌리에 울린 목소리에 움직임이 멈췄다……. 젠장, 꿈의 목소리가 정말 귀찮을 정도로 달라붙는구나.

"최면!"

"……!"

꿈속의 일들을 떨쳐내듯 에무를 최면 상태로 만들었다.

"크크크, 어림도 없지, 에무. 이 나에게 숨길 수 있는 방법은 없다는 걸 알고 있잖아?"

"그, 그건…… 대체 전 어떤 모욕을 받게 되는 걸까요……아아♪"

"저번부터 너…… 최면 상태가 되자마자 돌변하는 것 좀 그만해 줄래?"

"그치만 두근거리는걸요!"

역시 얘 좀 이상해!

최면 상태인 건 확실한데, 내가 그 본성을 알고 있기 때문인지 조금도 숨기려 하지 않고, 반대로 그것을 무기 삼아 다가오니까 무서워!

'아니아니, 무서운 건 아니지…… 왜냐하면 지금의 에무라면 억지로 덮친다 해도 기뻐할 거야, 반드시. 하지만……그 선을 넘는 건 뭔가 아닌 것 같아!'

지금 에무의 얼굴에는 무슨 짓을 당할지에 대한 기대감 밖에 느껴지지 않았다.

두근두근, 하는 소리를 입 밖으로 대놓고 말하고 있을 정도다. 내가 조금이라도 몸을 움직일 때마다 에무의 눈동자가 더더욱 기대감으로 반짝였지만…… 나는 아무것도 안 할 거다.

조금 끌리긴 하지만…… 그래도 SM 플레이는 별로 좋아하지 않는다……. 야한 만화에서 보는 건 괜찮지만 실제로 하는 건 싫었다.

"아무 짓도 안 할 거야."

"방치 플레이…… 그것도 좋네요."

"……."

스위치가 켜진 에무는 보다시피 이렇다. 최면 상태인데도 나를 피곤하게 만드는 말도 안 되는 여자애다…….

"……맞아, 깜빡했네. 그래서, 아까 그 대답은 뭐야?"

에무가 무표정을 주로 짓는 이유, 그것에 대한 답을 듣고 싶었다.

"사실 장난감을 자주 쓰는데…… 사람들 앞에서도 썼었거든요. 들키면 분명 변태라는 꼬리표가 달릴 거라는 긴장감에 더해, 몸에 흐르는 쾌감을 들키지 않기 위해 애쓰다 보니 그렇게 불리게 되었어요."

그래…… 즉 이런 건가?

에무에게 무표정의 쿨한 분위기가 만들어진 이유는, 사

람들 앞에서 장난감을 사용하고도 들키지 않고 보낸 결과라는…… 진짜로 이 애 너무 이상하잖아.

"참고로."

"아직도 뭐가 더 있어?"

"아까 제 모습 좀 이상했죠? 그거 한 번 방에 들어가서 준비하고 나온 거거든요! 그래서 그렇게 느낀 거예요!"

"뭐어?!"

"좀 더 말하자면, 시내에서 산 쇼핑백 내용물은 새로운 장난감이에요! 정말 부서지지 않아서 다행이었어요♪"

"……이미 지쳤어."

거듭된 사실 공개에 나도 모르게 그 자리에서 무너져 내렸다.

이런 미소녀가 그런 짓을 한다는 것에서 오는 에로스는 있었지만, 나는 아직도 에무가 서 있는 영역에는 발을 들여놓지 못할 것 같았다.

"하지만……."

"?"

"지금은 더 이상 집밖에서는 하지 않아요. 무엇보다 카이 선배와 대화하는 시간이 더 즐거우니까요."

"에무……."

"그래서 집에 오면 마음껏 제 몸을 괴롭히고 있어요♪"

감동해서 눈물이 날 뻔했지만, 금세 쑥 들어갔다.

하지만 이대로 끝낼 수는 없지……. 모처럼 이렇게 에무의 집에 와서 최면까지 걸었는데 아무것도 하지 않고 끝내는 건 아깝다!

"이젠 난 아무것도 몰라, 다~이브!"

조금 전까지의 대화를 모두 잊으려는 것처럼 에무의 가슴으로 다이빙했다.

"……후후, 카이 선배는 정말 이걸 좋아하시네요."

"좋아하는 게 당연하지……. 아아, 힐링된다."

에무는 나 이상으로 욕망에 충실하긴 하지만, 이렇게 어리광을 부리면 부드럽게 안아주고 받아들여준다.

자신보다 한 살 아래인 후배에게 어리광을 부리는 것도 썩 나쁘지는 않은 상황이었다. 마츠리나 사이카와 마찬가지로, 에무를 상대로 이러는 것도 정말 아무리 해도 질리지 않았다.

"카이 선배."

"으응?"

"누군가가 따라다니지는 않는지, 그 일에 관해서는 정말 괜찮으니까 걱정하지 마세요."

"……응."

그래. 지금의 에무가 그렇게 말한다면 정말로 괜찮은 거겠지.

그 후 한동안 에무의 가슴을 만끽한 후 최면을 해제하고 남은 시간을 보냈지만…… 에무가 오늘 산 것의 정체와 그녀의 진실을 알게 된 탓에 상당히 공기가 어색해졌고, 결국 무슨 일이 있는 거냐며 몇 번이나 에무의 걱정 어린 시선을 받고 말았다.

"……후아암, 미친듯이 졸리다."

이미 목욕도 저녁도 다 끝냈지만, 방심하면 의식이 날아가버리지 않을까 싶을 정도로 졸렸다.

그만큼 에무와의 교류에 지친 것도 있었지만, 부모님의 귀가가 늦어지면서 누나와 함께 집안일을 분담해서 하느라 피로가 더해졌다.

"……후아암…… 후아아아아아아아암!"

큰 소리를 낼 정도로 강렬한 하품이 나와 버렸고, 졸음이 정말 심각하구나 싶어서 살짝 쓴웃음이 새어나왔다.

"욕실에서도 잘 뻔했으니까…… 하마터면 물에 빠질 뻔했어."

입이 뜨거운 물에 잠겼을 때 위화감을 느꼈고, 그때서야 간신히 위험하다는 생각에 욕조에서 나왔을 정도니까……. 좋아, 일단 잠이 오니까 일찍 자고 내일을 준비하는 게 좋겠지. 학교도 있고.

"……젠장."

자려고는 했는데. 그런 험한 말이 새어나왔다.

이렇게 졸음이 쏟아지는데도 머릿속에 계속 남아 있는 말. 너도 머지않아 이렇게 될 거야…… 꿈속에서 여성들에게 들은 말이다.

"……."

이런 걸 굳이 신경 써도 어쩔 수 없다는 것은 알고 있었고, 그렇다고 해서 악당의 길을 포기할 것도 아닐 뿐더러 마츠리 일행에게 최면을 거는 것을 멈출 생각도 없다…….

그런데 난 왜 이렇게 꿈을 신경 쓰고 있는 걸까.

"……파트너, 넌 어떻게 생각해?"

파트너를 실행해서 물어보았지만, 당연히 대답 같은 것이 돌아올 리가 없다.

만약…… 만약 파트너가 대답할 수 있는 존재였다면 이것저것 물어볼 수 있었을 텐데.

"……후아암, 졸려."

아, 더는 한계다.

안 그래도 졸린 상태에서 생각까지 해 버리는 바람에 이미 내 머리는 가동 한계에 다다랐다. 의식이 몽롱하다.

"불 꺼야…… 아, 안 돼."

불을 꺼야 하는데…… 그렇게 생각했을 때는 이미 늦었다.

▶▷

"……음?"

문득, 갑자기 의식이 깨어났다.

그렇게 말해도 무서울 정도의 졸음은 남아 있었고, 여전히 눈을 뜨는 것조차 힘들게 느껴졌다.

"……뭐지?"

아까부터 뭔가가…… 스마트폰이 진동하고 있어?

누군가에게서 온 연락인가 싶어 손에 들고 화면을 들여다보니, 전화가 온 것도 메시지가 온 것도 아니었다.

"……음~?"

파트너가…… 최면 앱이 멋대로 실행되어 있었다.

아무래도 이 진동음은 최면 앱이 실행되면서 난 소리 같은데…… 무슨 일이 일어난 거지?

"파트너……?"

작게 물어보았다── 그러자, 화면에 글자가 떠올랐다.

〈주인〉

"헉?!"

설마 반응이 있을 거라고는 생각하지 못했기에, 그 순간 나는 벌떡 몸을 일으켰다.

갑자기 수면 위로 물체가 떠오르듯 파문을 일으키면서 나타난 글자는…… 주인?

"뭐, 뭐야……?!"

큰 소리를 내다가 흠칫 놀라 손으로 입을 막았다.

옆방에서 쿵 하는 분노의 소리가 들려오지 않는 것을 보면 아무래도 누나 귀에는 들리지 않은 모양이다…… 그렇다면.

"파트너……."

〈맞다, 주인〉

"……진짜? 최면 앱?"

〈그렇다, 주인〉

이쪽의 말에 답하는 것처럼 글자가 떠올랐다. 믿을 수 없는 일이지만 의사소통이 되고 있었다…… 진짜로?

"진짜냐…… 진짜 너냐, 파트너!"

파트너와 대화할 수 있다니…… 이보다 더 기쁜 일이 있을까!

……그렇게 솔직하게 기뻐하고 싶지만, 이런 비현실적인 일이 일어나도 되는 건가? 뭐, 최면 앱이라는 걸 갖고 있는 시점에서 그런 소릴 해 봤자 소용 없겠지만.

〈……주인, 당신에게 묻고 싶은 것이 있다〉

"응? 뭔데?"

모르는 것은 많았지만, 우선 파트너와 이야기해 보자.

침대 위에 뛰어올라 베개에 턱을 얹고 스마트폰을 빤히 들여다보았다……. 마치 처음으로 여자와 연락처를 교환한 날 밤에 메시지를 보내고 답장을 기다리는 기분이었다.

응? 그때 그 여자애랑은 어떻게 됐냐고? 더는 연락 안 한다.

〈넌 나라는 존재에게 뭘 원하는 거지?〉

"내가 파트너에게 원하는 거? 그야 당연히 파트너를 써서 마츠리 일행과 하고 싶은 걸 실컷 하면서 내 욕망을 채우는 건데?"

지금까지와 다름없는 최악의 결의를 나는 입에 담았다.

한동안 화면에 떠오르는 글자는 없었다. 마치 그 시간이 어떻게 대답해야 하나 고민하는 것처럼 보이기도 해서 조금 재미있었다.

"뭐랄까, 계속 같이 지내면서 나한테 힘을 줬으니까 잘 알 거 아냐?"

〈……〉

파트너는 여전히 대답하기 난처한 모양이었다.

빨리 대답해 줘. 그런 의미로 화면을 콕콕 찌르자, 다시 한번 글자가 떠올랐다.

〈그건…… 이해하고 있다. 하지만 내 기준으로, 당신처럼 사용하는 사람은 처음이었다〉

"무슨 말이야?"

〈내 힘을 쓰는 자는 모두 욕망에 따라 움직였다……. 물론 욕망에 따른다는 점에 있어서는 주인도 마찬가지다. 그러나 주인은 지금까지의 사용자와는 다른 부분이 있다〉

"다른 부분?"

〈전원은 아니지만, 사용하는 상대에게 나쁘게 여겨지지 않는다는 것〉

"……마츠리 일행 말인가."

분명 거기에 누군가가 있었다면 고개를 끄덕였을 모습이 쉽게 상상되었다.

역시 파트너가 보기에도 마츠리 일행에게 안 좋게 여겨지지는 않는구나……. 그렇게 생각하자 다시 한번 안심도 되고 기쁘기도 했다.

〈그녀들을 돕기 위해 힘을 행사한 자들에게는 잠재적으로 원망을 받고 있긴 하지만, 역시 계속 가까이에 있는 그녀들은 다르다. 여성에게 야한 짓을 하고 있다는 건 변함이 없는데도, 주인의 경우는 그녀들에게 미움을 받기는커녕 반대로 신뢰를 받고 있다〉

"헤헷, 그렇게 말해 주니 기쁘네."

〈그 일이 나에게는 처음 겪는 경험이었다. 내 힘을 사용해 상대에게서 자유를 빼앗아 욕망대로 탐닉한다……. 남자는 여자를 범하고, 여자 또한 남자를 범하는 연쇄가 반복되었다〉

"남자가 여자를 멋대로 휘두르는 건 그렇다 쳐도, 그 반대도 역시 있는 건가."

뭐, 하긴 그렇겠지.

최면 앱을 쓰는 사람이 남자뿐인 것도 아니고, 애초에 여자가 최면 앱을 사용하는 계열의 동인지도 몇 권 본 적 있으니까.

〈내 힘은 상대를 강제로 따르게 하지만 만능은 아니다. 계속 사용하면 어딘가에서 왜곡이 생겨나고, 증오가 쌓이면 최면을 넘어서는 힘이 되어 폭발해 버린다〉

"……."

〈전원이 모두 그렇게 된 건 아니지만, 일부 사용자는 상대의 미움에 삼켜지며 사라졌다. 그리고 주인도 그렇게 될

것이라고, 미안하지만 나는 처음에는 그렇게 생각했다〉

"……그렇게는 되지 않았지."

마치 고개를 끄덕이는 것처럼 화면이 깜빡깜빡 빛났다.

〈그래. 주인은 그렇게 되지 않았다. 그리고 동시에 주인과 보내는 날들은 나에게 신기한 감각을 안겨주었다. 지금까지 누군가에게 상처를 입히는 일로만 쓰이고, 원망과 미움을 얻는 것밖에 하지 못했던 내가…… 반대로 누군가를 구할 수도 있다는 걸 알게 되었다〉

나에게는 파트너의 마음을 나타내는 것은 오직 글자뿐이었다.

하지만 그 글자들을 통해 전해지는 것은 파트너의 기쁜 감정. 물론 내 착각일지도 모르지만…… 그리고 또 하나 깨달은 것은 서서히 떠오르던 글자가 한번에 떠오르고 있다는 점이었다.

〈원한이나 미움이 아닌 감정. 그것도 물론 기뻤지만, 내가 그 이상으로 기쁨을 느낀 것은 주인이 파트너라고 불러준 것이다. 나에게 고맙다고, 감사를 전해 주는 것이 기뻤다〉

"그, 그렇구나……. 그야 이제는 파트너를 넘어서서 손에서 놓는다는 생각을 할 수 없게 됐을 정도니까."

감상에 젖어 그런 말이 튀어나왔을 정도로, 나에게 있어서 파트너는 더는 없어서는 안될 존재였다.

〈그렇게 말해 준 것이 나는 기뻤다. 그리고 동시에 당신을 지키고 싶다고 생각했다. 주인이 최면의 힘에 빠져서

지금을 바꿔 버리지 않도록, 앱을 잘못 쓰면 이렇게 된다는 것을 꿈을 통해 주인에게 보여주었다〉

"……어? 그 꿈은 파트너가 보여줬던 거였어?!"

경악한 내 목소리에 파트너는 곧바로 대답을 주지 않았다.

나 역시 경악으로 큰 목소리를 내버린 탓에 누나라는 이름의 마왕 내습을 예기했지만, 괜찮은 것 같았다……. 후우, 조심하지 않으면 살해당할 테니까.

〈결국은 꿈이다. 하지만 그런 가능성이 있다는 것도 알아줬으면 좋겠다. 적어도 지금처럼만 지낸다면 괜찮겠지만〉

"……그렇구나."

그렇다면 안심……해도 되려나?

〈……주인, 난 앞으로도 당신을 지켜보고 싶다. 당신의 파트너로 지내는 것은 나쁘지 않은 날들이고, 그녀들의 웃는 얼굴을 보는 것도 좋다〉

"……큭큭, 그렇게 말하지 않아도 그럴 생각이야. 절대 놔주지 않을 거라고."

그렇게 말하자 더욱 여러 번 화면이 깜빡거렸다.

그렇게 기쁘냐며 또 한 번 화면을 콕콕 찔러주었다. 잠시나마 앱을 상대로 귀엽다고 생각한 것을 보면 나 살짝 위험할지도.

"……파트너."

〈왜 그러지?〉

"파트너는…… 왜 나한테 온 거야? 애초에 이 세계에 어째서 파트너라는 존재가…… 최면 앱이라는 게 있는 거야?"

그래, 이건 계속 내가 품고 있던 의문이었다.

파트너의 힘을 사용하는 와중에도 사라지지 않았던 하나의 의문……. 그에 대해 물었지만, 파트너에게서 대답은 돌아오지 않았다. 즉 그것이 대답인 것이다.

"……아무 말도 못한다는 건가?"

〈……미안하다, 주인〉

"괜찮아……. 아니, 괜찮지는 않지만 납득할 수밖에 없지."

그리고 한동안 나는 아무 말도 하지 않았고, 스마트폰 화면에 파트너의 말이 떠오르는 일도 없었다.

기분을 전환하듯 스마트폰을 손에 쥐고 몸을 움직였다.

엎드린 상태에서 뒤로 누워 천장에 팔을 뻗은 채 스마트폰 화면을 응시했다.

"파트너, 난 악당이 되고 싶어. 그보다 처음부터 악당의 길을 걷기 위해 최면 앱을 쓰기 시작했는데 참 신기하네."

〈주인은 너무 착하다. 지금까지의 사용자는 처음 보자마자 마음에 드는 사람이 있으면 그때마다 범했다. 연인이나 남편이 있어도 구별하지 않고, 사정없이 범했다〉

"나도 처음에는 그렇게 하려고 했어……. 하지만 난 겁쟁이라, 만화처럼 강제로 하는 건 좀 내키지 않았다고 할까."

하지만 지금이라면 알 것 같았다.

만약 마츠리나 사이카, 에무에게 내 욕망대로 손을 댔다면 어땠을까……. 게다가 그녀들은 그때 힘든 시기를 보내고 있었으니, 정말로 돌이킬 수 없는 일이 벌어졌을 가능성도 있었다.

〈그 결과가 그런 행위…… 여성에 대한 문란한 행위라는 점에서는 똑같은데, 그녀들과의 교류가 그것을 상쇄하기는 커녕 플러스로 밀어 올리고 있다〉

"……누군가를 돕는 게 중요한 일이라는 건 확실히 알겠네. 난 그저 그녀들을 도와준 대가로 내가 좋을대로 하고 있는 것뿐이지만."

〈아이사카 마츠리는 전 남자친구에게 배신당하고 가족들에게도 버림받았다. 아가츠마 사이카는 친아빠에게 폭력을 당해 정신적으로 병들어 있었다. 혼마 에무는 스토킹 피해를 당해 자칫하면 큰일이 벌어졌을 상황이었다. 주인은 그녀들의 터닝 포인트에 등장해서 그 마음을 구원했다〉

그런 말을 글자를 통해 전한 파트너는 어딘가 자랑스러워 보였다.

글자뿐만이 아니라 얼굴 그림이나 이모티콘을 쓸 정도로 기분도 좋아 보였고, 그럼에도 그것에 익숙하지 않은 것 같아 보여서 흐뭇하기도 했다.

〈하지만, 그럼에도 호의와는 별개로 악의도 불러들이고 있다……. 주인도 검은색 실은 보았겠지? 그건 사람들의 증오가 겹쳐진 것이고, 나를 사용하는 자에 대한 원한을 상징한다〉

"역시 그런 거구나."

〈……참고로 분홍색 실에 관해서는 지금까지 나타난 존재는 없었다는 것도 말해 두겠다. 그녀들의 이름에서 나오는 실 다발에 관해서도 예상밖의 산물이다〉

검은색 실과 분홍색 실…… 그 관계도 이야기다.

확실히 그 관계도에 떠오른 검은색 실은 호시탐탐 내 몸을 노리고 있는 것처럼 보이기도 했다. 만약 분홍색 실이 지켜주지 않았다면 나는 칠흑에 뒤덮였을지도 모른다.

"저기…… 만약에 말인데, 그 검은색 실이 내 이름을 뒤덮어버리면 말야. 현실의 나한테 어떤 영향이 있는 거야?"

〈아까도 말했지? 삼켜지면…… 사라진다. 흔적도 없이, 누구의 기억에도 남지 않고…… 그러니까 지금까지 사라진 사용자에 관한 기록은 남아 있지 않다〉

삼켜지고 사라져서 누구의 기억에도 남지 않는다…… 등골이 오싹했다.

그런 불가사의한 일이 있을 수 있는 건가 싶다가도, 실제로 내 손 안에 파트너가 존재하고 있다는 것, 그리고 최면 앱에 관한 기록 전체가 세상에 남아 있지 않다는 사실이 그 공포를 더욱 가속시켰다.

〈하지만 사용을 당한 쪽에는 정체를 알 수 없는 불쾌감이 계속 남는다. 어쩌면 주인도 어디선가 만났을지도 모르지. 과거 나에 의해 인생이 바뀐 자를〉

"……."

가끔…… 아니, 전에 만났던 것 같은 기분이 든다.

갑자기 말을 걸어온 여성이었는데, 당연히 처음 보는 얼굴이었지만…… 그 사람은 나에게 마음에 들지 않는다는 시선을 보내고, 마츠리 일행에게는 이해할 수 없다는 시선을 보냈었다…… 카페에 있을 때였나.

당시의 일을 조금 회상한 후 나는 이렇게 말을 이었다.

"뭐, 여러 사정이 있다는 거겠지……. 그래도, 그렇다 해도 나는 파트너에게 다시 한번 말하고 싶어── 나한테 와줘서 고마워."

〈……주인〉

"물론 난 야한 짓만 하고 싶고, 그 마음은 아마 앞으로도 변하지 않을 거야……. 다만 파트너 덕분에 마츠리 일행을 도울 수 있었던 것도 사실이고, 친해질 수도 있었어. 그러니까, 고마워."

〈……〉

아직 하고 싶은 말은 있었다. 의문도 많았다.

그래도 모처럼 이렇게 의사소통이 가능해졌으니, 이번 기회에 다시 한번 파트너에게 감사의 말을 전하고 싶었다.

"뭐야, 부끄러워하는 거야?"

또 답장이 오지 않기에 나는 히죽히죽 웃으며 화면을 두드렸다.

그러자 순간이지만 눈을 뜨지 못할 정도로 화면이 강하게 발광했고, 나는 으악 하는 한심한 소리를 내고 말았다.

"너, 너 이 자식……."

〈놀린 주인 잘못이다〉

이어서 계속 깜빡깜빡거리며 더욱 눈부시게 만든다…… 이제 그만!

"아, 알았으니까 멈추라고!"

그제서야 파트너는 가라앉았다.

〈……나도 주인과 같은 사용자를 만날 수 있어서 기쁘다. 주인은 여러모로 고민하고 있던 것 같은데, 지금 이대로 지내면 괜찮다. 그러나 주인의 선택에 의해 그 꿈은 현실이 될 수도 있다. 이렇게 대화를 나눴으니 꿈을 보여주는 건 이제 그만두겠다. 그러니까 주인, 앞으로도 조심해라〉

"……알았어."

〈하지만 결국은 주인의 욕망이 지금의 나날을 불러왔다. 그렇다면 때로는 욕망을 믿고 밀고 나가는 것도 좋을지도 모른다. 주인은 설령 마음에 드는 여성을 발견했다고 해도 바로 달려들지 못하는 겁쟁이니까〉

"이 자식! 갑자기 아픈 곳 찌르지 말라고!"

나도 모르게 일어나 침대 위에 스마트폰을 내던졌다.

이 자식…… 내가 마음만 먹으면 할 수 있다는 걸 모르는구나? 그럼 마음에 드는 여성을 발견하면 이번에야말로…… 아, 아니, 만약 한다면 사이가 좋아진 셋이 좋으려나……? 최면 상태의 셋이 좋다고 말해 준다면, 그 꿈처럼…… 흐헷.

〈주인은 그거면 충분하다. 겁쟁이지만 상냥한…… 그 상

낭함이 그녀들 같은 사람들의 마음을 건드리는 거겠지〉
"겁쟁이라고 하지 말라니까."

▶▷

"……응?"
일어나서 주위를 둘러보았다.
"나는…… 방금 전까지 파트너와 대화하고 있었는데?"
뒤늦게 놀라 스마트폰을 손에 들고 바라보니, 평소와 다름없는 대기화면이 나를 맞이했다.
아까처럼 파트너가 보낸 말이 글자가 되어 떠오르는 일도 없고, 파트너를 실행해도 늘 보이는 화면만 보일 뿐. 관계도 역시 지금까지와 달라진 것은 아무것도 없었다.
"……어? 뭐야, 지금 그거 꿈이었어?"
파트너와의 대화가 전부…… 꿈?
꿈치고는 너무 현실감이 강했는데. 대체 어디서부터 어디까지가 꿈이었는지 의문이 들 정도로 기억에 막힘이 없었다.
"……."
뭔가 변화가 없을까 싶어 스마트폰을 한참이나 바라보았지만, 역시 아무 일도 일어나지 않았다.
그렇다는 건 그건 꿈……이라고 생각하는 것이 타당하겠지. 머리로는 그것을 이해하고 있었지만, 도저히 단순한 꿈으로만 느껴지지는 않았다. 하지만 실제로 이렇게 아무 일도 일어나지 않은 것을 보면 환상에 불과했다는 것일까.

"……하하, 고민할 정도의 일도 아니네."

그것은 파트너가 나에게 보낸 메시지였을지도 모른다.

파트너와의 대화도 모두 기억하고 있을 뿐만 아니라, 내 말에 파트너가 기뻐해 주거나 좋다고 생각해 준 것…… 그 말을 직접 전달받고 기뻐했던 내 마음도 모두 확실히 새겨져 있었다.

"꿈을 보여준 게 파트너였다는 사실에는 놀랐지만…… 하하, 난 지금까지와 똑같이 지내도 되는 거구나."

그 꿈에서 봤던 일이 내게도 일어날 가능성은 있다.

그것이 나를 불안하게 만든 것은 확실하지만, 파트너는 말해 주었다── 지금까지의 나로도 괜찮다고. 그 말이 나에게 자신감을 안겨주었다.

"뭐, 이렇게 느끼고 싶은 건 내 편리한 생각일지도 모르지만."

그렇게 말하며 키득키득 웃고 있는데 방문이 열렸다.

"들어갈게, 카이."

"누나?"

……뭐지.

생각해 보면 파트너와 대화하고 있는 동안 꽤나 시끄럽게 굴었는데, 누나에게서는 아무런 반응이 없었다. 조금의 소음조차 벽 너머로 들릴 텐데 아무 일도 없었다는 건, 역시 아무 일도 없었다는 건가?

“잠깐, 베개?”

방에 들어온 누나는 옆구리에 베개를 끼고 있었다.

“오늘은 같이 자줄게.”

“……에엑?!”

잠시 틈을 두고, 데자뷰가 느껴지는 큰 소리가 새어 나왔다.

“큰 소리 내지 마. 이웃에게 민폐잖아.”

“크헉?!”

거센 기세로 날아온 베개가 내 배에 깔끔하게 직격했다.

생각보다 위력이 높았던 탓에 나도 모르게 몸을 웅크렸지만, 누나는 그런 내 옆을 지나쳐 베개를 줍고는 아무 일도 없었던 것처럼 침대 위로 올라갔다.

“저기…….”

“뭐, 이건 단순한 변덕이야.”

“변덕?”

“그래…… 필요 없다고는 생각하지만, 아침에 본 네 모습을 잊지 못하는 걱정 많은 누나로서의 변덕 말이지.”

“…….”

볼을 붉히면서 머리카락을 만지작거리는 누나…… 어?

뭔가 우리 누나 귀엽지 않아?

“…….”

“그래서 뭐야. 나랑은 못 자겠다는 거야?”

"아니…… 그렇지는 않지만."

그럼 빨리 오라면서 누나는 침대를 툭툭 쳤다.

완전히 자신의 침대라도 되는 것처럼 누워 있다. 이 모습이야말로 누나이고 아까 같은 귀여움은 어울리지 않는다고 말하고 싶었지만, 어울린다고 인정할 수밖에 없는 것이 분했다.

아직 평소의 취침 시간은 아니지만 하루 정도는 일찍 자도 괜찮겠지. 그런 생각을 하며 누나 옆에 누웠다.

"……."

"……."

둘이 누운 채 불을 끄고, 찾아온 것은 정적이었다.

"……누나."

"……왜."

아, 깨 있었구나.

힐끔 옆을 보자 누나는 똑바로 천장을 바라보고 있었다. 딱히 시선을 마주친 것도 아닌데, 계속해서 말해 보라는 것처럼 느껴졌다.

"누나는…… 그, 언제나 내 편이 되어주네."

"그야 당연하지. 네 편을 들지 않는 나는 내가 아니야. 그렇게 가슴을 펴고 말할 수 있을 만큼 널 소중하게 생각하고 있어."

"……."

"그러니까…… 바보 같은 면상이 어울리는 네가 그렇게

괴로워하는 모습은 차마 못 보겠더라…… 불안했어."

"……누나."

바보 같은 면상이라는 말은 쓸데없었지만, 그래도 누나 나름대로 걱정해 줬다는 거겠지…….

만약 파트너가 말한 것이 진실이라면, 나를 조금이나마 힘들게 했던 꿈에 관한 일은 해결되었고, 더는 꿀 일도 없을 것이다.

'꿈인지 현실인지도 모르겠지만 말이지…… 안 그래, 파트너?'

나는 속으로 그렇게 중얼거리며, 혼날 것을 각오하고 누나의 머리를 쓰다듬었다.

"착하지, 난 괜찮아, 누나."

"이 녀석, 동생 주제에 누나 머리를 쓰다듬지 마."

"뭐 어때. 이럴 때 말고는 못하잖아."

"……뭐, 용서해 줄게."

그 후 누나는 곧바로 잠들었다.

나에게 안기듯이 잠들어 버린 누나의 모습은 누가 봐도 누나가 아닌 여동생으로 보일 정도로 귀여웠다.

"……후암…… 나도 잘까."

아직 눈꺼풀을 들어올릴 힘은 있었지만, 눈을 감으면 나도 잠들 것이다.

하지만 그 얼마 안되는 짧은 시간에 나는 파트너와의 일을 되돌아 보았다. ——이봐, 파트너, 아직 완전한 결심까지는 아니지만…… 나는 지금까지처럼 살아갈게.

욕망에 충실하게, 오직 내 기분만을 위해…… 내가 목표로 하는 진정한 악당이 되기 위해, 앞으로도 파트너의 힘을 사용할 것이다.

'……그래. 내가 겁쟁이였나…… 겁쟁이라.'

옆에 누나가 있어 준 덕분에 안심 이상의 무언가를 느끼면서도, 파트너가 보낸 겁쟁이라는 글자가 음성이 되어 뇌속에서 계속 메아리쳤다……. 뭐, 그것도 나답다면 나답지만.

다만 그렇게 생각하면 내가 꿈을 꾸는 건 그렇다 쳐도, 마츠리 일행까지 같은 꿈을 꾸는 것도 파트너의 힘인가? 아니면 그 분홍색 실이 보여주는 것처럼 강하게 연결되어 있어서……?

'……뭐, 이것도 알 수 없는 일인가.'

그 후 나는 곧바로 잠들었다.

그리고 그날 밤, 그 검은색 실에 습격당하는 꿈은 꾸지 않았다.

▶▷

다음 날 아침 눈을 뜨자 누나의 모습은 없었다.

"……야아, 최고의 기상이네."

누나가 옆에 있어준 덕분인지, 아니면 파트너와의 일이 있었던 덕분인지는 모르겠지만, 오늘 아침 기상은 무척 개

운했고 눈도 맑았다.

"이런."

일어나자마자 머리맡에 메모가 놓여 있었다.

『멍청한 얼굴로 잘 자더라. 더는 걱정할 일 없을 것 같아서 안심했어』

누나가 적어놓은 쪽지였다.

멍청하다느니 바보 같다느니 늘 쓸데없는 한마디가 많은 누나라니까……. 하지만 이 동글동글한 글씨체에서는 누나의 다정함이 배어나왔다. 하하, 난 역시 누나를 정말 좋아하는구나.

"에무처럼 M인 건 아니지만, 누나의 욕에서는 사랑이 느껴져."

……딱히 그렇게 생각하려고 애쓰는 게 아니라, 정말 그렇게 생각하고 있다.

누나보다 한 박자 늦게 아침 식사를 마치고 학교로 향했다.

오늘도 마찬가지로 점심시간에 예약 최면을 걸어놨다. 주말 내내 사이카와 에무와 보낸 탓에 빨리 만나고 싶고 만지고 싶다……. 여러 가지 고민거리도 있었지만, 파트너와의 일을 통해 내 안에 결심이 선 영향도 컸다.

▶▷

지루하다고 생각하지만 장래를 생각하면 결코 농땡이를

피울 수 없는 오전 수업을 무사히 마치고! 지금의 나는 이 자리에 와 있다!

"크크크!"

그래! 평소의 빈 교실이다!

점심을 다 먹자마자 마츠리 일행과 함께 다시 이곳을 찾았다.

그런 그녀들에게 오늘도 제멋대로 굴 것이고, 동시에 내 새로운 결심도 전할 생각이지만…… 그 전에, 일단 마츠리에게 날 놀렸던 벌을 내려주마!

"마츠리, 교복 단추를 풀어."

"응."

내 명령에 마츠리는 거부하지 않고 단추를 풀었다.

그 훌륭한 가슴이 완전히 모습을 드러내며 만져달라는 것처럼 출렁출렁 흔들렸다.

정면에 서 있는 마츠리와는 별개로 옆에 선 사이카와 에무가 지켜보고 있는 것이 좀 부끄러웠지만, 나는 천천히 마츠리의 가슴에 손을 댔다.

"……정말 부드럽네, 가슴이라는 건."

"카이는 정말 가슴을 좋아하네."

"완전 좋아."

속옷의 단단함은 느껴지지만, 피부에 닿는 부분은 매우 부드러웠다.

"아침에 날 놀린 벌로…… 평소보다 더 강하게 만져줄

거니까 각오하라고."

"괜찮아."

"……아프면 말해야 된다?"

"응…… 후후."

좋아. 허락도 받았겠다, 조금 더 세게 해 볼까.

양손으로 마츠리의 가슴을 감싼 상태로 서서히 힘을 줘서 부드러운 살 속으로 꾸욱 파고들었다……. 마츠리에게서 야릇한 목소리가 새어나왔지만, 결코 멈추라는 말은 들려오지 않았다.

"……더 세게 해도 되는데? 만졌다는 흔적이 남을 정도라도 괜찮아."

"진짜……?"

꿀꺽 침을 삼키고, 좀 더 세게 움켜쥐었다.

탄력과 온기가 느껴지는 손바닥을 통해 행복감이 느껴지고, 그뿐만 아니라 마츠리를 정복해 가는 것 같은 고양감마저 들었다……. 하지만 금세 화들짝 놀라 손을 뗐다.

"……아."

제법 강하게 움켜쥔 탓에 마츠리의 가슴은 붉게 변해 있었다.

멍이라고 할 정도로 심하지는 않았지만, 그래도 내가 쥐었다는 증거가 마츠리의 가슴에 새겨지고 말았다.

"……저기, 카이."

"왜, 왜……?"

"내 가슴에 이런 흔적을 남긴 건 카이뿐이야."

"읏……."

마츠리가 가슴을 들어올리며 도발했다.

출렁임과 함께 모양이 바뀌어가는 풍만한 두 봉우리는, 방금까지 만끽했던 나를 더욱 즐겁게 해 주려는 것처럼 매혹적인 비주얼을 선보였다.

또 한 번 손을 뻗어 만지려고 하는데, 따돌리지 말라는 시선이 사이카와 에무에게서 날아왔고, 나는 미안하다고 사과했다.

"마츠리에 대한 벌은 이 정도로 해 줄게."

"응♪"

생글생글 미소 짓는 마츠리…… 하아~ 정말 너무 귀엽잖아.

상반신 속옷 차림으로 미소 짓는 그 모습은 조금 이상하긴 하지만, 역시 야한 게 진리라는 거겠지!

"그럼…… 사이카랑 에무도 마츠리처럼 해 볼까?"

"알았어."

"기다렸어요, 선배."

사이카와 에무도 가슴의 단추를 풀고 풍성한 가슴을 드러냈다.

"……가슴 박람회라니 최고 아니냐고."

손으로 만지는 것도 얼굴을 파묻는 것도 최고지만, 이렇게 시야에 넣는 것만으로도 최고다……. 하아, 끝내주는구나.

"우리 건 안 만져?"

"마츠리 선배보다 더 세게 쥐어도 괜찮은데요?!"

그렇게 말하며 몸을 밀착시켜오는 에무. 사이카도 몸을 붙여왔다.

눈앞에서 흔들리는 속옷에 싸인 거유들…… 당연하지만 허락을 받고나서 마음껏 만졌고, 그 후 나는 다시 한번 3명과 마주했다.

"……있지, 마츠리, 사이카, 에무."

"왜 그래?"

"왜?"

"뭔가요?"

"세 사람에게 묻고 싶은데…… 내가 이렇게 너희들에게 최면을 걸고, 멋대로 조종하는 현상에 대해 어떻게 생각해?"

그런 내 질문에, 그녀들은 서로의 얼굴을 잠시 마주본 후, 이렇게 대답해 주었다.

"내 의견은 변하지 않는데? 나는 이 시간이 좋아……. 카이와 함께하는 시간이 좋기도 하고, 카이가 기뻐해 주는 것도 좋으니까."

"난 이 시간이 없어지는 건 싫어……. 평소에도 카이와 사이좋게 지내고 있지만, 이렇게 야한 걸 하는 것도 좋아. 물론 상대가 카이라서 좋은 거지만."

"카이 선배는 제 주인님이세요……. 그러니 앞으로도 계속 이렇게 저를 귀여워해 주셨으면 좋겠어요. 고민 같은

게 있으면 저에게 전부 털어놨으면 좋겠어요. 그 정도로 정말 좋아하는 시간이에요."

맨위부터 마츠리, 사이카, 에무 순이었다.

물론 이것은 맨정신일 때 한 말은 아니다. 하지만 이렇게 마주하고 있는 그녀들도 그녀들 자신이었다. 거짓말을 할 수는 없었기에 진심이 담긴 말이기도 했다.

결국, 그 말로 납득하는 나는 비겁한 인간일지도 모른다……. 하지만 이런 식으로 말해 준다면, 파트너의 말대로 신경 쓸 필요는 없는 거겠지.

"그 왜, 예전에 꿈 얘기 같은 것도 했었잖아? 검은색 실 일도 그렇고 이것저것…… 그래서 조금 신경 쓰고 있었거든. 이대로 최면 앱을…… 파트너를 계속 쓰면 어떻게 될까 싶어서…… 조금 무서웠어."

"카이……."

"……그만둘 거야?"

"……."

세 사람에게 불안함이 담긴 시선을 받았고, 나는 아니라며 고개를 저었다.

"아니! 안 그만둘 거야! 그 꿈속의 사건은 확실히 나도 그렇게 될 가능성을 보여주고 있었던 거겠지. 하지만 나는 나만의 방식으로 최면 앱을 사용해 보려고!"

그래, 이것이 내가 낸 답이자 결론이었다.

그 관계도가 보여주는 검은색 실에 대한 것은 물론 걱정

되긴 하지만, 파트너가 말해 준 지금 이대로 지내면 괜찮다는 그 말을 믿고, 앞으로도 파트너의 힘을 써서 내 마음대로 해 나갈 생각이었다.

"그러니까 앞으로도 나랑 함께해 줘!"

"……후후, 응♪"

"물론이지."

"이제 와서 떠날 일은 없으니까요."

봐라, 이렇게 말해 주니 고민할 필요 없잖아.

물론 마츠리 일행과의 만남이 행운이었을 뿐, 평범한 상황이었다면 그녀들을 절망에 빠뜨리는 것은 내가 되었을 것이다. 그리고 그 미래는 아마 파트너가 말했던 것처럼 검은색 실에 삼켜져서 사라져버리는 세계였겠지.

"그러니까 사이카랑 에무! 샌드위치 자세를 부탁해!"

마츠리의 가슴은 실컷 즐겼으니 사이카와 에무에게도 힐링을 받아볼까.

두 사람이 내 양옆에 앉은 다음 몸을 붙이고…… 둘의 가슴으로 내 얼굴을 샌드위치처럼 누르는 상황이었다.

"어쩌면…… 이런 걸 받고 있을 때 모두가 굉장히 미움을 담은 눈으로 나를 보고 있는 세계도 있었겠지."

"전혀 상상이 안 돼."

"내 입으로 말하는 것도 그렇지만, 그렇긴 해."

이런 식으로 말할 수 있는 것도 정말 행운이고, 신기한 일이었다.

"나 말이지…… 지금도 이러고 있고, 평소에도 사이좋게 지내고 있긴 하지만…… 앞으로도 계속 마츠리 일행과 함께 있고 싶어."

이때의 나는 지나치게 기고만장해 있었다.

평소와 다름없는 이런 행복한 시간을 누리고 있다는 것에 더해, 내 안의 마음이 정리되었다는 것도 큰 이유로 작용했고…… 결과적으로 이런 말이 나오고 말았다.

"마츠리, 사이카, 에무, 미래에도 함께 있자!"

"앗!"

"……!"

"……윽!"

아니…… 그런 건 불가능하다는 걸 알면서도 생각해 버리고 말았다.

모두가 놀란 것이 분위기를 통해 전해졌지만, 거의 고백과도 비슷한 대담한 선언을 해 버린 탓에 그녀들의 표정을 볼 수 없었다. 나는 고개를 숙인 채 그저 시간이 지나기만을 기다렸다.

"그, 그보다!"

그러나 때로 조급함은 사람을 이상하게 만들기도 한다.

이대로 가만히 있으면 좋았을 텐데, 나는 이 민망함과 세 사람의 반응에 초조함을 느껴 이런 소리를 하고 말았다.

"늘 내가 먼저 이렇게 하잖아? 만약 세 사람이 원하는 걸 해도 된다고 하면 뭘 하고 싶어?!"

그렇게 말한 순간── 가장 먼저 마츠리에 의해 뒤로 밀려 넘어졌다.

그대로 마츠리의 얼굴이 다가오는가 싶더니 쪽, 하는 입술 소리와 함께 볼에 키스를 받았다…… 어?!

"원하는 걸 해도 좋다고 했잖아?"

"저, 저기……."

"치사해."

"사, 사이카──."

이번에는 사이카에게도 자연스럽게 볼에 키스를 받았다.

연달아 키스를 받아버려 지금까지 이상으로 감정이 폭발할 뻔했지만, 당연히 두 사람이 했으니 에무가 하지 않을 리가 없었고…… 에무 역시 얼굴을 가까이 가져왔다.

"카이 선배, 저도 하고 싶어요."

"……응."

세 번째로 뺨에 키스를 받았다.

그리고 나서도 몇 번이나 키스를 받게 되었고, 자신들에게도 해 달라는 세 사람의 열렬한 요청을 받아 나는 보답하듯 그녀들의 뺨에 키스를 해 주었다.

새롭게 결심을 하고 고민을 극복한 나는…… 또 한 단계, 최면 상태인 그녀들과의 관계를 발전시켰다.

6장 드디어 약속했던 수영복이다!

"드디어 왔구나…… 이때가!"

눈앞에는 많은 사람들로 북적이는 광경이 펼쳐져 있었다.

이번주…… 주초에는 여러 일들이 많았지만, 무사히 전부터 기대하고 있던 날을 맞이할 수 있었다── 오늘은 마츠리 일행과 레저 시설에 가기로 약속한 날이다.

"……그나저나 정말 많은 일들이 있었네."

아직도 꿈인지 현실인지 분간하기 어려운 파트너와의 대화, 나 나름대로 최면 앱과 마주하는 방식을 재정립한 것, 게다가 최면 상태이긴 하지만 마츠리 일행에게도 이야기를 했고…… 그리고…… 우헤헤.

"이런…… 방심하면 금방 입꼬리가 올라가네."

얼굴을 가슴에 파묻는 것에 더해 가슴을 만지는 것까지 해금된 상태였다.

하지만…… 하지만!

이번 일을 거쳐 마침내 키스까지 해금된 덕분에 내 텐션은 이 일주일 동안 이상하리만치 높았다.

어느 정도냐면 집에 돌아가면 누나나 부모님이 걱정을 하고, 학교에서는 친구들에게 무슨 일이 있냐며 걱정을 받을 정도였다. 하아, 키스라는 행위로 이렇게나 행복해질 수 있다니!

"뭐, 입술과 입술은 아니었지만."

거기는…… 역시 좀 아닌 것 같았다.

하지만 그 키스를 한 덕분인지, 혹은 그녀들에게 다시 한번 선언을 했기 때문인지는 몰라도, 관계도에서 볼 수 있는 분홍색 실이 엄청나게 굵어져 있었다. 이제는 반대로 검은색 실처럼 나를 집어삼키려고 할 정도가 되어 있었다.

"하지만 그건…… 역시 기분 좋게 보인단 말이지."

최면 상태의 마츠리 일행이 나를 향해 느끼는 좋은 감정이라고 생각하면, 그 검은색 실이나 어쩌면 있었을지도 모르는 미래의 일도 전혀 두렵지 않았다. 물론 아예 두렵지는 않다고 하면 거짓말이겠지만 신경 써도 어쩔 수 없는 일이었다.

"자, 그럼…… 좀 더 혼자만의 시간인가."

이미 수영복으로 갈아입은 나는 수영장으로 이동하고 있었다.

올해 막 문을 연 시설이라 상당히 깨끗한 것은 물론이고, 다양한 어트랙션도 여기저기 보였다.

남녀노소 다양한 사람들이 있고, 학교에서도 본 적이 있는 얼굴이 드문드문 보였다. 어쩌면 아는 사람과 마주칠지도 모르겠네.

"자자, 빨리 와!"

"기다려~!"

내 바로 옆을 초등학생 정도 되어 보이는 남녀가 지나쳐

갔다.

기운이 넘치는구나 생각하면서도, 저렇게 풀 사이드를 달리면 넘어질 텐데 하는 생각이 들어 불안했다. 다행히 두 사람은 넘어지는 일 없이 미소 지으며 수영장에 뛰어들었다.

"……보기 좋네."

고등학생이 되면 저렇게 떠들썩하게 굴 일도 없어진다.

그래서 그런지 저렇게 즐거워하는 어린아이를 보면 흐뭇한 마음이 들었다. 미소가 절로 지어지고, 나도 예전에 저런 시절이 있었나 하는 그리움도 느껴졌다.

"카이! 기다렸지~!"

갑자기 등 뒤에서 목소리가 들려왔다.

왔다아아아아아아아! 하고 마음속으로 절규했고, 충격에 대비하기 위해 마음의 준비를 하고 뒤를 돌아보았다.

"……오오."

"기다렸지♪"

"……기다리게 해서 미안해."

"괜찮아, 다들. 기다렸다고 불평할 동생이 아니니까."

"그렇다면 다행이지만요…… 그래도 좀 늦었어요."

그곳에 있었던 것은 마츠리랑 사이카, 에무와 누나였다.

마츠리와 사이카는 예전에 보여주었던 흰색과 검은색의 비키니였고, 누나는 프릴이 달린 귀여운 수영복이었다.

그리고 처음 본 에무의 수영복은, 누나처럼 프릴이 달린

파란색의 비키니…… 최고다.

'장관이네…….'

마츠리와 사이카, 에무 세 사람이 수영복을 입고 나란히 서 있는 모습은 그야말로 압도적이었다.

평소 함께하는 시간 덕분에 그녀들의 맨살이나 가슴에는 어느 정도 익숙한 편이었고, 속옷차림도 마찬가지였다.

수영복이나 속옷이나 다 똑같은 거 아니냐고 말하는 사람도 있겠지만, 이렇게 가까이서 보니 수영복에서만 느낄 수 있는 매력이 가감없이 느껴졌다.

"이봐, 바보 동생, 뭘 굳어 있는 거야?"

"……아니."

아니, 굳어질 수밖에 없잖아! 라고 큰 소리로 외치고 싶었다.

바로 앞에서 팔짱을 끼고 있는 누나가 얼른 센스 있는 말 하나라도 해 보라며 옆구리를 쿡쿡 찔렀다.

"윽…… 저기, 다들 엄청 잘 어울려."

"단순해."

데자뷰가 느껴지는 누나의 한마디.

"아하핫! 고마워, 카이!"

"……그렇게 말해 줘서 기뻐."

"이런 것도 나쁘지 않네요."

세 사람의 그런 말에 가슴을 쓸어내렸다.

어떠냐 하는 얼굴로 누나에게 우쭐한 표정을 지었는데,

누나는 내가 아닌 기뻐하는 그녀들을 보며 미소 짓고 있었다……. 젠장, 그런 표정을 지으면 더 이상 아무 말도 할 수 없잖아.

"……아, 맞아."

"왜?"

"당연히 누나도 예뻐."

"……뭣?!"

갑자기 방향을 바꾼 공격에 누나의 얼굴이 새빨개졌다.

실제로 그런 표정을 지은 누나는 조금 귀여워보였고, 수영복이 예쁘다고 생각한 것도 본심이다. 크크, 이렇게 된 이상 평소의 원한을 배로 갚아주기 위해서라도 마음껏 공격해 주마!

"전에는 여러 일들이 있긴 했지만 말이지. 다시 보니 정말 예쁘네."

"잠깐 뭐야, 갑자기!"

"너희도 그렇게 생각하지?"

아, 위험해…… 지금의 난 엄청나게 히죽히죽 웃고 있지 않을까.

미소가 지어지는 것을 도저히 참을 수 없었다. 더더욱 누나를 곤란하게 만들고 싶다는 내 안의 악마가 마구 날뛰기 시작했다.

"언니, 정말 귀여워요!"

"……안아주고 싶을 정도로."

내 의도를 눈치챘겠지만, 그럼에도 마츠리와 사이카는 진심에서 우러난 칭찬을 입에 담았다. 그러자 누나의 볼이 더더욱 붉어졌다.

"에무는 어떻게 생각해?"

"저, 저도 엄청 예쁘다고 생각해요!"

에무가 조금 주저한 것은 오늘 처음 만난 사이였기 때문이다.

하지만 누나는 처음 보자마자 에무에게 착한 아이라고 했었고, 에무도 누나에게는 금방 마음을 열고 빠르게 친해졌다. 그래도 역시 이런 부분에서는 아직 어색함이 있을지도 모른다.

그보다 우리 누나는 어떤가 하면…….

"하윽?!"

더더욱 얼굴을 붉힌 채 더없이 유쾌한 표정을 짓고 있다! 다음에는 어떤 공격을 날려줄까 고민하고 있는데, 누나가 빠르게 에무의 손을 잡았다.

"오늘 처음 만났으니까 에무랑 더 친해지고 올게! 그럼 에무, 나랑 좀 같이 가자!"

"아, 네!"

누나와 에무는 그대로 걸어가 버렸다.

"……핫, 마왕 토벌은 만만치 않군."

"마왕이라니, 누나를 말하는 거야?"

"당연하지. 절대 말하면 안 된다?"

“흐음? 어쩔까?”

“……마츠리?”

거기는 알았다고 말해 줄 부분 아닌가?!

옆에 서 있는 마츠리는 어떻게 할까, 하며 힐끔 눈길을 보내왔다. 무슨 생각을 하고 있는 건지 볼이 붉게 물들어 있다.

‘……큭, 그 표정…… 긴장되니까 그만해!’

최근 이런 식으로 마츠리…… 아니, 마츠리뿐만이 아니다. 사이카나 에무도 이런 표정이 늘어난 기분이다. 아니, 무조건 늘어났다.

부끄러움을 느끼는 것처럼 보이면서도 어딘가 다정하다고 할까……. 그런 눈빛을 받으면 나 역시 민망했다.

‘키스했던 일…… 떠오른다고.’

월요일 점심시간── 그때의 키스가 떠올랐다.

나를 바라보는 마츠리와 사이카의 표정도 그렇지만, 에무도 이런 표정으로 바라보는 경우가 많았다. 그리고 그때마다 키스를 하던 순간의 모습과 겹쳐보였다.

“왜 그래?”

“어디 아파?”

“아, 아니…… 그게.”

가까이서 바라보는 시선에 나는 슬쩍 시선을 피했다.

“피하지 마.”

“윽?!”

조심스럽게 뺨에 손이 닿는 느낌과 함께 그대로 시선이 그녀들을 향해 돌아갔다.

내 뺨에 손을 대고 있는 것은 마츠리였다. 조금 전의 질문에 대한 대답을 오기로라도 듣겠다는 분위기였다.

"어디가 아픈 건 아냐……. 다만 생각을 좀 하느라."

"……그래?"

"응……."

고개를 끄덕이자 손이 천천히 떨어졌다.

"열이라도…… 있는 거 아냐?"

마츠리가 떠나는가 싶더니 이번엔 사이카가 손을 뻗어왔다.

만진 곳은 이마…… 아무래도 나에게 열이라도 있는 것은 아닐까 걱정한 것 같았다.

"괜찮다니까! 봐, 이렇게 건강하잖아!"

건강하다는 걸 알리기 위해 근육을 자랑하는 포즈를 취하며 화답했다.

그렇게 하자 사이카뿐만 아니라 마츠리도 키득키득 웃어주었고, 비로소 안심한 얼굴을 했다.

"그보다 우리도 놀자!"

"그래!"

"……응."

에무와 누나가 어디까지 갔는지는 모르겠지만, 뭐 누나가 옆에 있다면 에무는 걱정할 필요 없겠지. 그러니 지금은 우리도 즐기기로 하자.

“역시 평판 좋은 레저 시설이라는 느낌이네.”

“……수영장도 크고, 저건 슬라이더라고 하나? 박력이 엄청나네.”

많은 사람이 자유롭게 수영하고 있는 수영장은 물론이고 비명이 울려 퍼지는 워터 슬라이더에, 개인적으로 남몰래 기대하고 있던 거센 파도 속을 걷는 파도풀까지. 어쨌든 즐길 만한 어트랙션이 많았다.

‘솔직히…… 난 수영장보다도──.’

그렇게 생각한 내 시선이 향한 곳은 두 사람의 등이었다.

지금 바로 두 사람에게 최면을 걸고, 아무에게도 보이지 않는 장소로 가서 내 멋대로 하고 싶다! 비키니 위로 얼굴을 비비거나, 그 풍만한 언덕을 주무르고 싶어! 그리고 조금 더 욕심을 부리자면 그 가느다란 끈을 풀고 흘러내리게 해 보고 싶다!

‘하지만…… 파트너는 탈의실에서 짐을 지키고 있으니까.’

그러니 파트너를 이용한 상상은 망상의 영역을 벗어나지 못했다…… 하아.

마음속으로 아쉬워하며 한숨을 내쉬고 있는데, 에잇 하는 귀여운 목소리가 들려왔다. 그대로 등을 떠밀린 나는 수영장 안으로 떨어졌다.

“윽…… 누구냐아아아아아아!”

그렇게 외치며 고개를 들자 마츠리가 키득키득 웃고 있

었다. 범인은 틀림없이 그녀다.

"마츠리……!"

"아하하! 그럼 나도 들어간다~!"

그렇게 말한 마츠리가 그대로 점프해서 내 바로 옆에 뛰어들었다. 덕분에 나는 튀어오른 물방울을 얼굴에 모두 맞게 되었다.

"푸하악?!"

과한 리액션이라고? 오늘은 즐기는 자가 이기는 거다!

마츠리한테 등을 밀린 것도, 이렇게 물을 뒤집어쓴 것도 결코 싫지 않고 오히려 즐거웠다. 정말 진심으로 즐거웠다.

"후아! 기분 좋네!"

수면에서 얼굴을 내민 마츠리가 물을 털어내듯 머리를 흔들었다.

그 반동으로 인해 탱글탱글 슬라임처럼 흔들리는 가슴을 빤히 쳐다보고 말았지만, 그 이상으로 물에 머리카락이 젖은 모습이 너무나도 섹시했다.

예전에 비에 젖은 그녀를 봤을 때도 생각했지만, 정말 야한 아이다.

"……응?"

마츠리에게 정신이 팔려 있는데, 아무리 기다려도 수영장에 들어오지 않는 사이카가 신경 쓰였다.

"사이카?"

"??"

풀 사이드에 서 있는 사이카의 표정은 굳어 있었다.

한 걸음을 내딛으려 하면서도 쉽게 내딛지 못하는 그 모습은, 마치 물을 무서워하는 것처럼 보이기도 했다…… 잠깐, 혹시?

"사이카…… 혹시 수영을 못해?"

"윽……."

"아……."

"……그랬구나."

아하…… 사이카는 수영을 못하는구나.

우리가 있는 이곳은 전혀 깊지 않기 때문에 아무리 물이 무섭다고 해도 물에 빠지는 일은 있을 수 없었다.

"나, 나…… 옛날에 물에 빠질 뻔한 적이 있어서, 그래서 사실 수영장은 좀 어려워."

"처음 듣는 얘기네……."

"……미안해. 그래도 카이랑 다른 애들이랑 놀 수 있는 기회니까…… 어떻게든 가고 싶어서, 트라우마보다 즐거움이 앞서버렸어."

어쩜 저렇게 예쁜 말을 해 주는 것일까. 그런 생각에 미소가 절로 지어졌다.

마츠리도 같은 생각을 했는지 그녀가 사이카를 향해 손을 뻗었다.

"괜찮아, 우리가 떨어지지 않고 곁에 있을게."

"그래, 사이카. 나랑 마츠리가 보고 있을게."

"……응!"

사이카는 천천히 물에 발을 담그며 그대로 수영장 안으로 들어갔다.

아까도 말했지만 이곳은 수심이 얕아서 물에 빠질 만한 일은 전혀 없었다. 하지만 무엇이 사이카의 트라우마를 자극할지 모르니까 조심해야지……. 이런 트라우마는 수심 같은 것과는 관계가 없을 테니까.

"……물에 빠질 일은 없다고 생각하니까 조금 안심되는 것 같아. 게다가 카이랑 마츠리가 곁에 있어주니까 괜찮아♪"

"응응! 그렇다면 다행이다♪"

굳어진 사이카의 표정이 조금 풀린 것을 본 마츠리가 뿌듯한 얼굴로 그녀를 안아주었다.

훌륭한 몸매를 자랑하는 두 사람이 서로를 끌어안으면 어떻게 될까. 주위 사람들의 시선조차 독점해 버릴 정도로 자극적인 장면이 완성되었다.

"오오……!"

나는 나도 모르게 주먹을 쥐었을 정도로 흥분했다.

그러나 두 사람에게 시선을 보낸 대부분은 딱 보기에도 양아치거나 어떻게든 한 번 해 보려는 사람들뿐이었기에, 그들을 향해서는 경고하듯이 노려보는 것도 잊지 않았다.

"카이."

"왜 불──."

부르는 소리에 돌아서는 순간, 안면에 엄청난 양의 물이 쏟아졌다.

기습적으로 받았기에 코나 입을 통해 물이 대량으로 흘러들어갔다. 나는 가볍게 기침을 하며 범인을 슬쩍 노려보았다.

"마츠리…… 사이카아!"

"아하하!"

"……후후!"

즐거운 듯이 웃고 있겠다……. 너희들이 그럴 생각이라면 좋다 이거야!

두 손으로 물을 퍼낼 수 있는 만큼 퍼서 두 사람에게 뿌려주마! 언젠가는 내 그것도 뿌려주…… 잠깐, 조용히 해!

"으랍!"

"아! 해 보자는 거지!"

"나, 나도 돌려줄 거야!"

나 대 그녀들의 구도가 되며 어쨌든 서로 물을 마구 뿌려댔다.

뭐하는 걸까, 우리……. 그렇게 생각하면서도 역시 즐거웠고, 그런 공방은 결국 참지 못한 마츠리가 달려들기 전까지 계속되었다.

"에잇!"

"으억?!"

꽉 밀착되자, 둘 다 수영복을 입은 탓에 피부와 피부가 스쳤다.

마츠리는 이 자리의 분위기를 순수하게 즐기는 얼굴로 미소를 지었고, 이렇게 붙어 있는 것에 조금도 의식하지 않는 모습이었다.

"저기, 마츠리……?"

"왜?"

가까이서 올려다보는 마츠리의 모습에 심장이 두근거렸지만, 그보다 더한 감촉이 나를 덮쳤다.

"……."

말없이 사이카도 안겨온 것이다.

많은 사람들로 붐비는 수영장 안에서 몸매도 좋을 뿐 아니라 외모까지 빼어난 이들에게 안기면 시선을 받는 것은 당연했다.

"그건 그렇고…… 언니랑 에무는 어디 갔을까?"

"그, 글쎄……?"

"그래도 분명 잘 놀고 있을 거야. 언니도 에무도 금방 친해졌으니까."

"그건 그렇지…… 응, 맞아."

미안해, 두 사람 다. 대화에 전혀 집중이 안 돼!

그건 그렇고, 이런 자세가 되어도 자랑하는 거냐며 시비를 거는 불량배는 없는 것 같다. 시선은 좀 모여들었지만, 여전히 평화롭다는 사실에는 변함이 없었다.

"……나 저거 해 보고 싶어."

사이카가 손가락으로 살짝 가리키며 그렇게 말했다.

"워터 슬라이더?"

"좋아! 그보다 여기 온 뒤로 아직 아무것도 안 했으니까 가보자!"

마츠리의 말에 고개를 끄덕인 우리는 일단 수영장을 나왔다.

다만…… 수영장을 나온 뒤에도 여전히 두 사람이 내 팔을 안고 있는 탓에 더더욱 많은 시선이 모여들었다. 그중에는 노골적으로 혀를 차는 사람도 있었다.

'핫! 뭔가 할 말이 있으면 해 보라고. 마츠리도 사이카도 내가 지킬 거니까!'

물론 이 자리에 없는 에무나 누나도 마찬가지였다.

예전에는 무라카미에게 일방적으로 맞기만 했지만, 이렇게 여자애들이 내게 기대주는데 힘을 안 낼 수야 없지……. 파트너도 없어서 무섭기는 하지만, 그녀들을 지키는 일에 한해서는 남자다운 모습을 보여줄 것이다.

"슬라이더에도 종류가 있네."

"이쪽은 1인용이고 저쪽은 다인용인가?"

워터 슬라이더는 각각 크기가 달랐고, 한 명이나 여러 명이 탈 수 있는 입구가 있었다.

"시간은 충분하니까 둘 다 타볼래?"

"그래! 그럼 우선은 1인용 쪽으로 가보자."

"으, 응……!"

그래서 우선은 혼자서 타는 쪽으로 향했다.

위로 올라가는 동안 에무와 누나를 슬쩍 찾아보았지만, 어디에도 모습은 보이지 않았다. 정말 두 사람은 어디서 뭘 하고 있는 걸까.

"에무랑 언니는 어디 있을까?"

"모르겠어."

뭐, 아까도 말했지만 누나가 있다면 에무는 괜찮겠지.

"나랑 사이카는 조심해야겠네?"

"응?"

"안에서 엄청난 속도로 미끄러질 테니까, 그 사이에 수영복이 풀리기라도 하면 큰일이잖아?"

"……그렇구나. 조심할게."

흘러내릴 가능성도 있다……는 건가?!

희미한 기대를 품은 것도 잠시, 보는 사람의 눈이 많다는 걸 생각하면 그녀들의 그런 모습을 보이고 싶지는 않았다. 이렇게 독점욕을 느끼게 된 건 아마 가슴을 만지거나 키스를 한 영향 때문이겠지.

"만약 도중에 수영복이 풀려버리면 카이한테 도와달라고 하자!"

"응…… 카이한테 안겨서 숨길래."

"으, 응……."

그럼…… 흘러내려도 괜찮으려나?

그런 악마의 속삭임이 뇌 속에 울려 퍼졌지만, 공공시설이니 더더욱 안 된다며 스스로를 다잡았다.

"자, 그럼 제가 됐다고 하면 이 안으로 들어가세요."

"넵."

"네~!"

그러는 사이에 우리 차례가 왔다.

꽤 높은 위치네……. 여기서라면 상당한 속도로 미끄러질 것 같아서 기대는 됐지만, 나로서는 사이카가 괜찮을지 걱정이 되어 뒤를 돌아보았다.

"아하하……."

"……."

아니나 다를까 사이카는 이번에도 표정이 굳어 있었다.

여기까지 와서도 줄을 벗어나 돌아갈 수는 있었지만, 사이카는 용기를 내서 타려고 하는 것 같았다……. 그래서 나는 올라타기 직전 이렇게 말했다.

"사이카, 밑에서 기다리고 있을 테니까 안심해."

"아…… 응!"

굳어 있던 얼굴이 풀리고 미소를 짓는 사이카를 보며 나는 엄지손가락을 들어올렸다.

곁에는 마츠리도 붙어 있으니 만일 마음이 바뀌어도 괜찮을 것이다. 그렇다면 나는 어느쪽으로 가든 아래에서 사이카를 기다리고 있으면 된다.

"그럼 나 먼저 갈게."

그리고 담당자의 유도에 따라 물이 흐르는 슬라이더에 몸을 던졌다.

마치 미끌미끌한 바닥을 활강하는 듯한 감각에 빠져들었지만, 기분은 엄청나게 상쾌했다. 이게 바로 워터 슬라이더인가 싶어 살짝 텐션이 올라갔다.

"야호!"

시험 삼아 소리를 질러보았는데, 계속 들려오던 비명에 비하면 귀여운 수준이겠지.

"오, 슬슬 끝나겠는데?"

긴 듯 짧았던 상쾌함도 끝날 시간이 다가왔다.

그대로 골 지점인 수영장에 도착했고, 상당한 속도로 돌진한 몸을 물이 받아준 덕분에 무척 기분이 좋았다.

"그나저나…… 사이카가 과연 올까."

그렇게 한참을 기다리고 있자 사이카가 무사히 미끄러져 내려왔다.

가슴 앞에서 단단히 팔짱을 끼고 눈을 질끈 감은 모습이 한순간이지만 선명하게 보였고…… 이어서 그녀는 물보라를 일으키며 수영장에 빠졌다.

물속에서 바로 얼굴을 내민 그녀가 긴 검은 머리를 휘날리며 주위를 둘러보았고, 나를 발견하자마자 달려왔다.

"카이!"

"이런……."

달려든 사이카를 받아주자 가슴팍에서 사이카의 거유가 꾸욱 일그러지며 짓눌렸다.

그 감촉을 마음껏 맛보면서, 등에 손을 얹고 토닥토닥

두드려주었다.

“용기 냈네. 그래서, 어땠어?”

“무서웠지만…… 즐거웠어.”

“그렇구나.”

즐거웠으면 다행이라며 함께 웃고, 다음에 올 마츠리를 기다렸다.

잠시 후 마츠리의 모습이 보였지만, 그녀는 조금도 무섭지 않은지 환호성을 지르며 성대하게 물보라를 일으켰다.

“후우! 기다렸지, 두 사람 다.”

“어…… 응?!”

“아, 앗……!”

마츠리는 활짝 웃었지만, 나와 사이카는 그럴 수 없었다.

그도 그럴 것이, 설마 없을 거라고 생각했던 두려워하던 사태…… 마츠리의 수영복 끈이 풀리며 수영복이 벗겨지는 사태가 벌어졌기 때문이었다.

그 후 내 움직임은 신속했다――. 떨어진 수영복 대신 즉시 양손을 마츠리의 가슴에 올려 최악의 사태를 면한 것이다.

“후우…… 어라?”

“……카, 카이?”

“……읏?!?!”

잠깐, 난 대체 무슨 짓을 한 거야?!

바로 손을 떼려고 했지만, 여기서 만약 손을 떼면 그건 그거대로 큰일이 벌어질지도 모른다! 그보다 그 이전에, 어째서인지 자석처럼 손이 달라붙어서 떨어지질 않는데?!

"미, 미안, 마츠리…… 저기, 그게……."

"괘, 괜찮아……. 이대로 우선 어깨까지 물에 들어가자?"

"으, 응……."

마츠리의 말에 따라 물속에 몸을 담갔다.

여전히 내 손은 마츠리의 가슴에 얹혀 있었고, 손바닥 전체에서 그녀의 부드러움은 물론이고 중심 부분의 단단한 감촉도 확실하게 전해졌다……. 그걸 의식하자 자연스럽게 손가락에 힘이 들어갔다.

"앙!"

야한 목소리가 마츠리의 입에서 흘러나왔다.

뺨을 붉히고, 눈동자를 살짝 적신 그 모습은 너무나도 자극적이라 나도 모르게 침을 삼켰다.

"괜찮, 아……?"

힘겹게 내뱉은 그 목소리는 떨리고 있었지만, 곧 사이카가 풀린 수영복을 주워주었다. 이제 뒷일은 사이카에게 맡기자!

"이제…… 괜찮아, 마츠리."

"응…… 고마워, 사이카."

곧바로 수영복을 다시 입었고, 이제 마츠리는 괜찮았다.

우리가 떠들고 있는 사이에도 미끄러지는 사람들이 있었고 멀리서 보고 있는 사람들도 있었겠지만, 중요한 부분은 지켜냈다……고 믿고 싶다!

"……그, 카이도 고마워."

"아니, 난……."

"신경 쓰지 마. 카이가 손을 얹어준 덕분에 큰일이 없었던 거기도 하니까."

"……그래. 카이가 없었다면 전부 다 보였을지도 몰라."

"그, 그렇구나…… 그렇다면 다행이고."

마츠리가 그렇게 말해 준 덕분에 안도의 한숨을 내쉬었다.

"아, 찾았다! 카이! 마츠리, 사이카!"

그때 누나의 목소리가 울려 퍼졌다.

풀 사이드로 눈을 돌리자 에무와 누나가 손을 흔들고 있었다. 아무래도 이제서야 합류할 마음이 생긴 모양이었다.

사이카가 그쪽으로 걸어갔고 우리도 한발 늦게 따라갔다.

하지만 가는 도중 마츠리가 어깨를 톡톡 쳐서 걸음을 멈추고 뒤를 돌아보았다.

"응?"

"혹시 그 이상의 일…… 더 해 보고 싶어?"

"……허어?!"

"에헤헷♪"

내 리액션에 미소 지은 마츠리는 그대로 가버렸다.

"……허?"

지금…… 지금 그 말은 대체 무슨 의미인 거지?!

그 이상의 일이라고 하면, 아까처럼 가슴을 만지는 것

이상의 행위를 말하는 거겠지? 즉, 더 해 보고 싶냐는 건, 그 이상의 행위를 해 보고 싶냐는 질문인 건가?!

"……어어?"

"야, 카이! 뭐하는 거야!"

멍하니 서 있는 나를 향해 신경질적인 누나의 목소리가 날아왔다.

황급히 누나를 쫓아가 합류한 나는 누나에게 에무와 둘이서 무엇을 했는지 물었다.

"그냥 평범하게 대화했어. 너한테 대충 듣긴 했는데, 실제로 그 애를 앞에 두니까 묻고 싶은 게 산더미처럼 생기지 뭐야."

"흐음?"

"정말이지…… 넌 내가 모르는 곳에서 얼마나 사람들을 돕고 다니는 거야."

마츠리나 사이카의 사정을 알았을 때와 마찬가지로 또 한 번 칭찬을 듣고 말았다.

결과적으로 파트너의 힘이 크긴 했지만, 그래도 이렇게 다른 누구도 아닌 누나에게 칭찬을 받자 나도 모르게 미소가 지어졌다.

"그래서…… 카이."

"뭐야?"

"마츠리와 사이카, 에무 중에 누가 여자친구 후보야?"

"윽?!"

여, 여자친구 후보라니……?!

갑자기 날아온 폭탄 질문에 동요한 나에게, 누나는 실로 진지한 표정으로 말을 이었다.

“그치만 아무리 봐도 저 세 명은 카이를 신뢰하고 있잖아? 이야기를 들어봐도 그렇고 널 보는 눈빛도 그렇고……. 그만큼 너라는 존재가 그 아이들 안에 크게 자리잡고 있다는 거 아냐?”

“…….”

“그러니까 내 질문이 이상한 건 아니지? 저 세 명은 성격도 엄청 좋고 미인이고…… 나와는 달리 가슴도 크고 말이지, 젠장.”

“마지막 말은 그냥 질투잖――.”

매섭게 노려보는 시선에 나는 납작 눌린 개구리처럼 입을 다물었다.

한참 동안 나를 노려보던 누나는 곧 키득키득 웃었다.

“뭐, 어떻게 될지는 네 누나로서 지켜볼게. 나는 앞으로도 저 애들 세 명이랑 계속 사이좋게 지내고 싶어.”

그렇게 말을 맺은 누나가 내 손을 잡았다.

“기다렸지, 다들.”

“괜찮아요, 언니. 후후, 정말 사이가 좋네요♪”

“카이 선배가 어린아이처럼 보여요.”

손을 잡고 있는 우리의 모습을 보며 그녀들이 흐뭇해하지만, 확실하게 짚고 넘어갈 것이 있었다.

"작은 쪽은 누나잖아?"

"아?"

인간, 때로는 거대한 악에 맞서야 할 때가 온다……. 어쩐지 누나 앞에만 서면 묘한 대항심이 솟아난단 말이지.

이것 또한 누나와 남동생이라는 거겠지!

누나는 명백하게 뭔가 말하고 싶은 표정을 지었지만, 마츠리 일행을 배려해서 분노를 거두는 것 같았다. 그것은 정말 아주 가끔밖에 얻지 못하는 내 승리의 순간이기도 했다……. 돌아가면 엄청나게 험한 꼴을 당하겠지만.

"괜찮겠어……?"

걱정해 주는 사이카의 말에 나는 엄지손가락을 치켜세웠다.

"문제없어. 집에 가면 죽겠지만, 나도 저항할 거니까. 그러다가 쓰러지는 것도 평소와 똑같아."

"그거, 정말 괜찮은 거 맞아……?"

"괜찮아, 괜찮다면 괜찮은 거야."

그렇게 반 강제로 사이카는 납득해 주었다.

그 후에는 전원이 즐길 수 있도록 여러 명이서 체험할 수 있는 워터 슬라이더로 향했다.

"다들 앉았지?"

"네!"

"괜찮아……!"

"좀…… 무섭긴 하지만요……."

다섯 명이 탈 수 있는 둥근 튜브 보트를 타고 미끄러질 순간을 기다렸다.

튜브의 등받이에 설치된 손잡이를 잡자, 담당자도 우리의 준비가 끝난 것을 확인하고 고개를 끄덕였다.

"……?"

그때 정면에 앉는 마츠리와 시선이 마주쳤다.

아까의 일이나 그녀에게서 들은 말도 있어서 그런지, 이상하게도 그녀에게서 시선을 뗄 수 없었다.

"……에헤헷."

"윽?!"

눈이 마주치고, 미소를 지은 마츠리가 몸을 흔들었다.

마치 자신에게 매달린 극상의 볼륨이 흔들리는 그 순간을, 눈앞에 앉은 나에게 보여주려는 것처럼…… 그리고 그것을 본 나는 눈에 띄게 동요했지만, 다행히 다른 사람에게 들키지는 않았다.

왜냐하면 튜브 보트가 움직이기 시작했기 때문이었다.

"이런!"

하지만 마츠리의 탱글탱글한 거유에 정신이 팔려 있던 탓에 손잡이를 쥐고 있던 손에 힘이 풀려버렸고, 곧 자세가 무너졌다.

"우흡?!"

"카, 카이……?"

튜브의 흔들림을 견디기 위해 그대로 왼쪽 옆에 있던 사이카를 끌어안았다.

'부, 부드럽다……!'

끌어안은 순간 오른손이 사이카의 가슴을 힘껏 움켜쥐었다.

아까 마츠리의 가슴을 만졌을 때와는 비교가 안 될 정도로 강하게, 그야말로 자국이 남지 않을까 싶을 정도로 강하게.

"으응……."

"미, 미안——."

황급히 양손을 들고 몸을 떼어내……면 어떻게 될까.

이번에도 또 흔들림을 견디지 못하며 오른쪽 옆에 앉은 에무 쪽으로 몸이 기울어져 버렸다. 뭔가 잡힐 것을 찾던 내 두 손은 에무 쪽으로 향해 버렸다.

"서, 선배……?"

그리고 또 한 번 사이카와 똑같이 끌어안고 말았다.

그렇게 나를 둘러싸고 이런저런 일들이 벌어졌지만, 우리가 타고 있는 보트는 계속해서 격렬하게 흔들리며 나아갔다.

"야호! 어때, 마츠리잉~!"

"최고예요, 미야코 쓰이!"

사고가 속출하고 있는 나와는 달리 마츠리와 누나는 순수하게 이 흐름을 즐기고 있었다……. 그보다 마츠링은 뭐고 미야코 쓰이는 또 뭐야, 둘 다 아주 신났네!

두 사람이 즐기는 모습을 바라보고 있었는데, 거기서 급커브가 찾아왔다.

지금까지보다 훨씬 더 자세를 유지하기 어려울 정도로 몸이 흔들렸고, 무의식중에 에무를 안고 있던 손에 힘이 더욱 강해졌다. 그 영향으로 손톱이 살짝 에무의 피부를 파고들었다.

"으앗♪"

"미, 미안——."

순간적으로 손을 떼고, 이번에는 제대로 손잡이를 움켜쥐었다.

'오, 오오……!'

하지만, 완전히 몸을 고정한 나는 전혀 다른 즐거움을 얻고 있었다.

흐르는 흔들림에 몸을 맡긴다?

떨어질지도 모르는 스릴을 즐긴다?

그런 것은 두 번째다! 왜냐고?

'가, 가슴이 엄청나게 흔들리잖아?!'

강한 흔들림을 견디고 있는 것은 나뿐만이 아니었다.

마츠리와 사이카, 에무와 누나도 마찬가지…… 그렇다는 건 즉 누나를 제외한 3명의 특대 가슴이 눈앞에서 이리저리 춤을 추고 있다는 뜻이었다!

앞을 봐도 오른쪽을 봐도 왼쪽을 봐도 출렁출렁 흔들리는 그 광경은, 이 워터 슬라이더가 아니면 실현될 수 없는 광경이라고 해도 과언이 아니다!

"꺄악~, 무서워, 마츠리!"

누나는 속이 보이는 비명을 지르며 마츠리에게 안겼고, 거기서 그치지 않고 마츠리의 가슴에 얼굴을 파묻었다. 마츠리는 곤란한 얼굴로 웃으면서도 한 손으로 작은 체구의 누나를 안아주었다.

"……언니, 귀여워."

그런 마츠리의 목소리가 들리는가 싶더니, 내 몸에 더한 충격이 느껴졌다.

"카이."

"카이 선배."

좌우에서 사이카와 에무가 안겨온 것이다.

나처럼 균형을 잃었다고 생각했는데, 이제는 완만한 커브를 따라 골을 향해 나아가기만 하면 되기 때문에 고비는 넘겼다……. 그리고 그대로 성대한 물보라를 일으키며 골에 도착했고, 차가운 물이 비처럼 쏟아졌다.

"카이, 고마워."

"옆에 카이 선배가 계셔서 다행이에요♪"

사이카와 에무가 곧 떨어졌지만, 나는 한동안 멍하니 있었다.

마츠리 일도 그렇고, 곧바로 사이카와 에무까지……. 파트너의 힘을 빌리지 않고 이런 경험을 연속으로 해 버리니, 이제부터 뭔가 불행한 사고라도 당하는 게 아닐까 싶어 조금 걱정이 되었다.

"카이? 왜 그래?"

"응…… 천국에 다녀왔어."

"너무 흔들려서 정신이 나갔어?"

"역시 누나, 잘 아네."

"……으응?"

정말 왜 그러는 거냐는 시선을 받았지만, 누나가 한 말도 틀린 것은 아니었기에 부정할 방법이 없었다.

튜브 보트에서 내린 후, 우리가 향한 곳은 다음 어트랙션이었다.

그곳은 내가 개인적으로 경험해 보고 싶었던 파도풀이라는 곳이었다. 말 그대로 강한 파도가 발생하는 풀 속에 들어가는 것인데, 아까의 워터 슬라이더도 충분히 즐거웠지만 역시 이것도 경험해 보고 싶었다.

"윽……."

"괜찮아, 사이카. 나랑 손 잡고 있자."

"으, 응!"

파도풀을 앞에 두고 걸음을 멈춘 사이카를 마츠리가 응원해 주고 있었다.

"우오오오오오오오!"

"휩쓸릴 것 같은데~?!"

"잠깐, 손 떼지 마!"

"이건 앞으로 갈 수밖에 없잖아!"

역주행이 불가능해 보이는 수영장 안에서는 즐거운 비명이 여기저기서 오갔다.

물론 사고가 나지 않도록 직원들이 경계하며 주시하고 있었다. 이런 점이 이 시설의 좋은 평판과 안전으로 이어지는 거겠지.

"생각보다 흐름이 빠르네요."

"그러게…… 아."

"왜 그러세요?"

옆에 서 있는 에무에게 시선을 돌리고 나서야 나는 깨달았다…… 아니, 떠올렸다.

아까 그녀를 끌어안은 순간 살에 손톱이 박힌 탓에, 피는 나지 않았지만 눈에 띄는 붉은 자국이 나 있었다.

"미안, 에무…… 아프지 않아?"

"네? 아, 이거요?"

자국이 난 것은 어깨 부근이었다.

피는 나지 않았다고 해도 아플 것 같은데……. 그런 식으로 걱정하는 나의 마음과는 달리, 에무는 미소 지으며 그 자국을 손끝으로 쓰다듬었다.

"전혀 아프지 않아요. 오히려…… 우후후♪"

"저기…… 에무?"

"괜찮으니까 신경 쓰지 마세요♪"

"……알았어."

에무는 붉어진 자국을 사랑스럽게 어루만지기 시작했다.

나는 완전히 에무에서 M이 되어버린 그녀에게서 시선을 떼고 파도가 심한 수영장으로 들어갔다.

"으억?!"

안으로 들어가자마자, 그 자리에 멈춰서 있을 수 없을 정도의 물살이 나를 덮쳤다.

물론 위험한 것은 아니었지만, 만약 기적적으로 멈춰 선다고 해도 뒤에서 떠내려오는 사람과 부딪치지 않을까 싶을 정도로 흐름이 강했다.

"카, 카이!"

"누나?!"

갑자기 누나의 목소리가 들리는가 싶더니 등에 착 안겨 온다.

절대로 떨어지지 않겠다는 듯 다리까지 배에 감아온 탓에 거의 온몸이 밀착되고 말았다.

"생각보다 흐름이 강해서 놀랐어."

"뭐, 그렇지."

참고로 에무도 한발 늦게 들어왔지만, 능숙하게 앞으로 나아가 어느새 내 바로 옆에 와 있었다.

"괜찮아?"

"괜찮아요. 마츠리 선배와 사이카 선배는…… 아, 저기 있네요."

마츠리와 사이카는 우리보다 훨씬 앞쪽에 있었다.

물살에 당황하는 사이카의 손을 꼭 쥔 채, 떨어지지 않게 배려하는 마츠리의 모습이 멀리서도 보였다.

"거기 있는 손님!"

그때 풀 사이드에 서 있는 직원이 나를 불렀다.

우리의 움직임에 맞춰 걷고 있고, 시선도 우리를 계속 따라오는 것을 보니 나를 부르는 게 맞는 것 같았다.

"뭔가요?"

"여동생인가요? 괜찮으세요?"

아무래도 나에게 안겨 있는 누나를 걱정해 준 모양이었다.

그렇지만 담당자가 여동생이라고 말한 순간 내 몸을 감고 있는 누나의 팔 힘이 강해졌다……. 그렇다고 딱히 무슨 짓을 당한 것은 아니지만, 무서워서 차마 얼굴을 볼 수 없었다.

"……후후, 카이 선배와 언니는 그런 관계군요."

"잠깐, 에무. 이 상황에서 흐뭇하게 바라보지 마!"

"아…… 아무튼, 저희는 괜찮아요."

"그런가요……?"

"참고로 누나예요."

"아, 이거 실례했습니다!"

누나 입장에서는 기세 좋게 사과를 받은 것도 굴욕인 듯했다.

빨리 가자고 재촉하듯 머리를 찰싹 때려온다. 나는 에무와 손을 잡은 채 앞으로 걸어가 마츠리 일행과 합류했다.

"아, 카이…… 앗, 언니 귀여워!"

"……카이한테 어리광부리는 거예요?"

"어리광…… 아, 정말! 멋대로 생각해!"

누나는 결국 포기하고 내 머리에 얼굴을 파묻었고, 으득으득 이를 세우기 시작했다…… 잠깐, 그만해, 누나!

"그르르르!"

"……오늘 누나, 마츠리 일행이 있어서 그런지 인격이 너무 다르잖아."

곁에 있는 것이 나뿐이었다면 부끄러움을 감춘다고 해서 이렇게 되지는 않는다.

누나가 마츠리 일행을 좋아하기도 하고, 또 그녀들 앞에서는 의지할 수 있는 연상으로서의 모습을 보여주고 싶어서 그런 거겠지.

'뭐, 이런 누나의 모습도 나쁘지 않지만.'

그렇게 생각하며 쓴웃음을 짓고 잠시 파도 속을 즐겼다.

그 후 실컷 체험하고 만족한 우리는 수영장에서 나와 누구나 사용할 수 있는 휴게 공간에서 시간을 보냈다. 그런데 너무 신나게 놀았는지, 어느새 누나는 고른 숨소리를 내며 잠들어 있었다.

"하여간 못 말리는 누나야……."

"아하하…… 그래도 역시 귀엽네♪"

누나에게 무릎 베개를 해 주고 있는 마츠리가 그렇게 말했다.

이렇게 보고 있으면 마츠리가 누나고 누나는 동생으로

밖에 안 보였지만…… 뭐, 그래도 어쨌든 수영복 차림은 변함없이 최고였다.

"흐냥…… 음냐……."

"귀, 귀여워……!"

"너무 귀여운 거 아닌가요, 이 잠꼬대……!"

어이없어하는 나와는 달리 사이카와 에무는 누나에게 푹 빠져 있었다.

누나 입장에서는 이렇게 귀엽게 여겨지는 것은 싫지 않을 것이다. 마냥 좋아할 수는 없겠지만…… 뭐, 모두에게 기쁨을 주는 건 나쁜 일은 아니잖아?

"나도 이렇게 긴장이 풀린 모습을 보는 건 처음이야. 자고 있으니까 긴장을 풀고 말고 할 것도 없지만, 그만큼 마츠리의 무릎 베개가 편한 거 아닐까?"

"그랬으면 좋겠다. 난 좀 더 언니랑 친해지고 싶어."

마츠리…… 정말 착한 아이구나.

하지만 누나와 친하게 지내고 싶은 것은 마츠리뿐만이 아니라, 사이카와 에무도 마찬가지인 모양이었다.

"나도 좀 더 언니랑 친해지고 싶어."

"저도요. 언니에 대해서 더 알고 싶어요."

아니…… 정말로 다들 누나에게 푹 빠졌네.

마츠리 일행이 누나의 얼굴을 들여다보는 흐뭇한 광경을 지켜보며, 나는 무슨 생각을 하고 있었냐면…… 아까, 누나가 했던 말을 다시 떠올리고 있었다.

'여자친구라…….'

그래, 누구를 여자친구로 삼을 것이냐는 말이었다.

나도 한 명의 남자 고등학생으로서 여자친구에 대한 로망이 있었고, 고등학생 때 여자친구를 한 번쯤은 만들고 싶다는 소망도 있었다……. 그야말로 세 사람 같은 여자아이가 여자친구가 되어 준다면 남은 학교생활은 최고로 즐거워지겠지.

'솔직히…… 솔직히 말하면 가능성은 제로는 아니야. 왜냐하면 맨정신일 때의 그녀들이랑도 사이가 좋잖아? 그리고 도와준 사이이기도 하고……? 신체적 접촉도 엄청 많았고?!'

최근 일을 감안하면 우리들의 거리는 가깝다고 할 수 있었다.

그러니까…… 고백을 하면 될 수 있지 않을까 생각하면서도, 어딘가에서 어긋나버릴 것 같아 무서웠다. 앞으로도 파트너의 힘을 사용하게 된다면 어떻게 될지 모르니까.

"카이."

"……! 왜 그래?"

생각에 잠겨 있던 나를 마츠리의 목소리가 현실로 되돌렸다.

마츠리는 여전히 잠든 누나에게 무릎을 빌려주고 있었지만, 그녀의 시선은 똑바로 나를 향하고 있었다.

"……오늘뿐만 아니라 정말 늘 즐거워. 카이와 엮인 뒤로는 그렇게 생각하지 않는 날이 없을 정도로."

"으, 응……."

"좀 더 말하자면, 카이를 못 만나는 날은 재미가 없어."

"그, 그렇구나……."

잠깐, 갑자기 뭐야……?

오늘 마츠리는 말도 행동도 묘하게 의식하게 만드는 느낌인데…… 서로 바라보는 것이 민망해 그만 시선을 피하고 싶었지만, 그렇게 하지 못한 것은 마츠리의 눈동자가 진지했기 때문이었다.

"어떤 순간에도 카이와 보내는 날들이 좋아……. 이 시간을 진심으로 소중히 하고 싶어――. 좀 더 카이와 함께 있고 싶어."

그것은 마치 독백 같았다.

마지막까지 말을 마친 마츠리는 표정을 바꾸지 않았지만, 면전에서 그 말을 들은 나는 볼이 뜨거워지는 것을 느꼈다……. 하지만 이렇게 기쁜 말을 전해 오는 것은 마츠리뿐만이 아니었다.

"나도 마찬가지로 카이와 만나고 나서 모든 게 바뀌었어."

"사, 사이카 너도……?"

"마츠리만 말하게 하는 것도 좀 분하니까…… 그래도 굉장하지? 얼마전까지는 우물쭈물하는 것밖에 못하던 내가 이렇게 말할 수 있게 됐으니까."

"그건 그럴지도 모르지만……."

"이 관계를…… 카이와의 나날을 더 소중히 하고 싶어. 함께 보내고 싶어……. 그게 지금 내가 계속 생각하고 있는 거야."

사이카는 더 이상 음침하고 어두운 여자가 아니었다.

그것은 꽤 오래전부터 알고 있던 거지만, 그렇다 해도 이렇게 똑바로 전해오니 역시 부끄럽다……. 그나저나 이건 무슨 고문이지? 기쁜 것 이전에 너무 부끄러워서 머리가 터질 것 같은데.

"어…… 설마 이 분위기는?"

"네, 제가 남았어요."

역시나아아아아아!

아니, 엄청나게 기쁜데? 당연히 기쁘긴 하지만, 이 이상 비슷한 말을 들으면 나도 내가 어떻게 될지 모르겠는데?!

하지만 그런 내 속마음을 알 수 있을 리가 없고, 에무는 사이카에 이어 이야기를 시작했다.

"저도 카이 선배를 만나면서 변했어요. 여전히 반에서는 차가운 인상에서 벗어나지 않았을지도 모르지만, 친구들에게서는 표정이 부드러워졌다거나 분위기가 바뀌었다는 말을 자주 들어요."

"얼음 여왕이라고 불렸는데?"

"그 별명은 언제든 반납하고 싶을 정도예요. 그보다 처음에 그 별명을 만든 건 대체 누구였을까요……. 정말로 민폐라고 불평 한마디라도 하고 싶어요."

진심으로 질색한 표정을 지은 에무의 눈빛은 날카로웠고, 이곳에 없는 그 누군가를 향한 짜증이 느껴졌다.

"……아무튼, 그런 건 아무래도 좋아요. 어쨌든 그 변화에 카이 선배와의 만남이 있었다는 건 확실해요. 게다가 마츠리 선배나 사이카 선배가 말했듯이 저도 모두와…… 카이 선배와 함께 있고 싶다고 생각해요."

에무는 그렇게 말하고는 이내 시선을 돌렸다.

다만 그녀의 귀가 붉어진 것을 깨닫고 말았다. 지금의 말에 담긴 에무의 솔직한 마음이 전해졌고, 동시에 그것을 의식한 탓인지 나 또한 지금까지와 비교할 수 없을 정도로 얼굴이 붉어졌다.

"윽……."

뜨겁다…… 뺨이, 얼굴 전체가, 몸 자체가 너무 뜨거웠다.

처음에 말을 시작한 마츠리도, 그 뒤를 이은 사이카도, 그리고 시선을 피했던 에무도 지금은 나를 보고 있었다. 3명의 시선까지 더해지자 나를 덮친 긴장은 끝없이 올라갔다.

다만 몸의 뜨거움과는 별개로 일종의 감동 같은 것도 느꼈다.

'이거…… 마치 그때랑 똑같네.'

세 사람이 해 준 말 중에 공통된 것 중 함께 있고 싶다라는 말이 있었다……. 그것은 월요일에 최면 상태인 그녀들에게 들었던 말을 떠올리게 했다.

'그때의 그녀들도…… 그리고 지금 눈앞의 그녀들도 그

렇게 말해 주고 있어…… 그게 너무 기뻐.'

이런 상황에 빠졌을 때, 지금까지의 나는 도망가거나 얼버무리기 바빴다.

하지만 이런 식으로 기쁜 말을 들었는데도, 그에 대해 대답을 하지 않는 것은 너무나 남자답지 못하다……. 그래서 나는 그 말에 솔직하게 대답하기 위해 입을 열었다.

"나도…… 나도 여러 일들을 통해 마츠리 일행과 친해졌고, 그 뒤로도 함께 보내는 시간이 많아졌어. 오늘처럼 외출하는 것도 그렇고, 최근에는 유난히 모두와 보내는 시간이 많았으니까."

마츠리와 했던 방과 후 데이트나, 사이카와 에무의 집에 방문한 일…… 마치 약속이라도 한 것처럼 세 사람과 보내는 일들이 최근에는 많았다.

"……."

게다가 오늘처럼 피부가 밀착되는 일도 있었고, 그런데도 반대로 미소를 지어주는 그녀들……. 곁에 있으면 기쁘고 마음까지 즐거운 그녀들과의 시간을 경험해 버린 이상, 놔주고 싶지 않다는 생각이 드는 것은 이상한 일이 아니었다.

"앞으로도 계속 모두와 사이좋게 지내고 싶어……. 나도 그렇게 생각하고 있어. 이렇게 함께 보내는 시간을 나도 정말 좋아하니까!"

물론 파트너의 힘을 사용해 내 마음대로 하고 싶다는 것도 본심이다.

조금 큰 목소리가 나와버렸지만, 누나는 일어나지 않았고 주위에 있는 사람들도 특별히 이쪽을 신경 쓰는 기색은 아니었다. 그렇게 말을 마친 나를 기다리고 있던 것은, 세 사람의 환한 미소였다.

▶▷

"하아, 오늘은 즐거웠어!"

"그러게……."

앞서 걷는 누나는 지금까지 본 적이 없을 정도로 만족한 얼굴을 하고 있었다.

당연히 동생으로서 기뻤고, 마츠리 일행도 오늘 하루가 무척 즐거웠다고 말해 주었다.

'정말 좋은 날이었지.'

그렇게 생각하지 않을 수 없었다.

즐거운 시간의 끝은 반드시 온다……. 그것은 우리의 경우도 예외는 아니었다. 조금 전까지 함께 있던 그녀들과는 이미 헤어졌고, 시끌벅적했던 소란의 흔적은 이미 옅어져 있었다.

"그건 그렇고 제법이잖아."

"응?"

앞서 가던 누나가 갑자기 이쪽을 돌아보았다.

그 표정은 히죽히죽 웃고 있었다. 확실하게 뭔가 좋지 않은 것을 생각하고 있는 얼굴이었다…… 뭐야?

"실은 나, 일어나 있었어."

"일어나 있었다고……?!"

"네가 그 애들한테 함께 있고 싶다는 말을 듣고, 거기에 대해 네가 한 대답도 전부 들었어."

"윽?!?!"

그, 그걸 전부 들었다고?!

경악한 내 정면에 선 누나는 장난에 성공한 어린아이 같은 미소를 숨기지도 않은 채 나를 올려다보았다.

실로 유쾌한 표정을 지으며 옆으로 오더니 팔꿈치로 쿡쿡 찌르며 말을 잇는다.

"세 사람과 함께 있고 싶다라……. 좋지 않아? 뭐, 거기서 더 나아가 어떤 답을 내놓을지는 굳이 서두를 필요는 없겠지."

"누나……."

"솔직한 마음에는 솔직하게 마주하는 것이 제일이야. 그 부분을 쓸데없이 얼버무려서 어느 한 쪽이 상처입는 게 제일 안 좋아."

"……응, 알아."

누나에게 고개를 끄덕이자, 뇌리에 마츠리 일행의 미소가 되살아났다.

틀림없이 나에게 향하고 있을 호의…… 그것을 얼버무

리고 안 보이는 척하는 것도 최악이라고 생각하지만, 그것에 대해 어떻게 마주할지 아직 분명하지 않은 것도 사실이었다.

하지만 그녀들이 그렇게 기뻐해 줬으니…… 그리고 내 말에 고개를 끄덕여줬으니, 내 대답이 틀리지 않았다는 자신감을 가져도 되는 거겠지.

"그나저나 동생이 이렇게 인기가 많았을 줄이야. 누나로서 정말 자랑하고 싶은 일이네."

"……오늘은 묘하게 칭찬이 많네."

"동생에 관한 일인데 당연하잖아? 게다가 나도 그 아이들이 정말 마음에 들어……. 그래서 개인적으로 그 아이들과 앞으로도 함께할 날이 기대돼."

"마츠리나 사이카도 있고, 오늘 만난지 얼마 안 된 에무도 그랬어. 누나와 더 친해지고 싶다고, 굉장히 좋은 사람이었다고."

"그렇게 말해 주니 기쁘네. 하지만 그것도 이미 전부 그 애들한테서 들은 말이야. 정말이지, 나한테 홀딱 반했다니까, 그 애들."

그렇군. 본인에게도 제대로 전했구나.

누나는 기분이 최고조에 달했는지 콧노래를 흥얼거리며 걸어갔다.

"자, 빨리 가자~!"

"응!"

부르는 소리에 고개를 끄덕이고 걸어나가려던 순간, 문득 스마트폰을 바라보았다.

파트너를 실행해 관계도를 불러내자── 여전히 검은색 실은 건재했지만, 분홍색 실은 전에 없을 만큼 두껍고 진하게 변해 있었다.

"……엄청 두꺼워졌네."

오늘 그런 일들이 있었으니까……?

"……."

"뭐야! 적당히 하고 빨리 와!"

이미 한참 떨어진 곳에서 누나가 나를 불렀다.

이 이상 기다리게 하면 모처럼 좋았던 기분을 망칠 것 같아서 나는 곧바로 누나에게 달려갔다.

'저기, 파트너…… 내가 파트너한테 전에 이런 말을 했었지? 혹시 파트너가 나한테 문제가 있는 여자애들만 이어주는 거 아니냐고.'

머릿속으로 파트너에게 물었다.

당시에는 정말 그런 게 아닌가 싶어서 이런저런 불평을 토로했었지만, 지금으로서는 감사한 마음밖에 없었다. 설마 파트너를 손에 넣은 일이 이런 멋진 만남을 가져다줄 거라고는 상상하지 못했으니까.

"미안해, 누나! 생각 좀 하느라."

"너무 느려! 자, 빨리 집에 가자."

"알았어~."

하지만…… 냉정하게 생각하면 맨정신인 마츠리 일행과 최면 상태의 마츠리 일행.

그 부분에 차이를 둔다면 총 6명의 여자아이와 좋은 관계를 맺고 있다는 뜻 아닌가? 말도 안 된다는 생각은 들었지만, 그건 그거대로 조금 심장이 두근거려서 나는 미소를 지었다.

♡♡♡

주인은 참 신기한 사람이다. 내 힘을 이용해 그런 식으로 사람들에게 호감을 사다니…… 아니, 이것 또한 올바른 사용법일지도 모른다. 나도 누군가를 지키기 위한 힘이 될 수 있다……. 이 역시 주인 덕분에 깨달은 것이다. 하지만 욕망에 충실한 주인이라는 점에서는 여전히 변함이 없다. 그건 그거대로 안심이 되지만, 과연 주인은 앞으로 어떻게 지낼지 지켜보기로 하자.

♡♡♡

"……?"

문득 파트너에게 무슨 말을 들은 것 같은 기분이 들었다.

"아니…… 아무것도 없네."

화면을 봐도 별다른 변화는 없었다. 내 기분 탓이었던 모양이다.

이 또렷한 의식 속에서 파트너와 또 한 번 대화를 할 수 있다면 파트너에 대해서도 더 잘 알 수 있을 테고, 최면 앱에 대해서도 더 알 수 있을 텐데.

"아니, 그럴 때가 아니지."

스마트폰에서 시선을 떼고 눈앞에 서 있는 두 명의 여자에게 눈을 돌렸다.

학교로 가던 중 아니나 다를까 헌팅을 당하고 있던 여자아이들을 목격하고, 파트너의 힘을 써서 헌팅남을 강제로 쫓아냈다.

……음? 왜 여자에게도 최면을 걸었냐고? 이미 버릇이 됐다는 말밖에 할 수 없었다.

"큭큭, 숨쉬듯이 낯선 상대에게 최면을 걸다니…… 죄많은 남자로군."

그 여자아이들에게는 별다른 짓은 하지 않고 앞서서 걸어가게 한 뒤, 어느 정도 떨어진 타이밍에 최면을 해제했다.

오늘도 또 파트너와 함께 남을 돕고 말았구나 생각하면서, 다시 한번 학교로 향하는 길.

혼자 걷는 마츠리의 등을 발견하고 나는 자연스럽게 말을 걸었다.

"마츠리!"

"어? 아, 카이!"

돌아본 마츠리는 순식간에 환한 미소를 지으며 이쪽으로 달려왔다.

"좋은 아침!"

"좋은 아침이야."

음…… 역시 아침 인사는 좋구나.

그런 생각을 하면서 혼자 고개를 끄덕였고, 자연스럽게 우리는 둘이 함께 걷게 되었다.

'그야말로 청춘의 한 장면이구나!'

사귀는 사이도 아닌데 이렇게 친밀하고 특별함이 느껴지는 만남을 가질 수 있다는 것이 너무 즐거워서, 나도 모르게 히죽거리는 웃음이 나왔다.

"뭘 히죽거리는 거야~?"

하지만 당연하게 옆을 걷고 있는 마츠리에게 들켜버렸다.

레저 시설에서 함께 시간을 보낸 이후로는 나 자신도 놀랄 정도로 거리가 더욱 가까워졌다. 하지만 히죽거리는 표정을 지적받는 것은 역시 민망했다.

"윽……."

"후후♪ 딱히 이제 와서 둘러댈 필요 없잖아? 나랑 카이 사이니까. 나도 카이의 그런 표정 좋아하기도 하고."

마츠리는 그렇게 말하며 뺨을 콕콕 찔러왔다.

"저기…… 이런 거 늘지 않았어?"

"느는 게 당연하지. 난 이 시간이 좋고, 서로에게 그렇게 말한 이상 사양할 필요는 없잖아?"

"……."

그래…… 이 정도의 일은 이미 평범한 일이 되었다.

단둘이 있을 때도 그렇지만, 교실에 있을 때도 대화하는 시간이 늘었고, 스킨십도 눈에 띄게 늘었다.

'우리…… 딱히 사귀는 건 아니지.'

그래, 우리는 사귀는 사이가 아니다.

그러나 이런 식으로 함께하는 시간이 늘어나면 옆을 걷

는 마츠리에게 마음이 끌리지 않을 리가 없었다. 그럼에도 이상할 정도로 지금의 상태가 만족스러웠다. 아마 평소의 그녀들과도 사이가 좋고 최면 상태의 그녀들과도 교류가 있어서 현 상태에 만족하고 있기 때문 아닐까.

'사이카랑 에무도…… 스킨십이 늘었고.'

특히 사이카…… 특히 사이카다, 굉장한 건!

마츠리도 굉장하지만 사이카는 그 풍만한 몸을 자꾸만 밀착해 와서 인내심의 한계를 시험하게 한다!

지금까지는 계속 지켜왔던 선을 넘어버릴까 하는 마음을 몇 번이나 자신의 이성으로 억눌러 왔던가……!

'오, 오늘은 좀…… 좀 더 높은 레벨을 시험해 볼까……?!'

오늘도 변함없이 예약 최면으로 마츠리 일행을 불러낼 생각이었다.

그 이후에도 딱히 특별한 일을 한 것은 아니지만, 오늘은 좀 더 과격한 일을 해 보자……!

그런 결심을 해 버렸을 정도로, 최근 그녀들과 있었던 일이 나를 궁지로 내몰고 있었다.

"자, 빨리 가자, 카이♪"

"으, 응!"

톡하고 어깨를 쳐오는가 싶더니 그대로 손을 잡아왔다.

평소처럼 이렇게 손을 잡고 있어도, 괜히 주위에서 소란이 일어나지 않도록 학교와 가까워지면 멀어질 것이다……. 내가 이런 생각을 하는 것도 딱히 이상한 일은 아니겠지?

'……밀어붙이면 되겠지, 분명.'

마츠리뿐만 아니라 사이카나 에무에게도 같은 생각을 하는 내가 자의식 과잉일지도 모른다……. 아니, 최근의 나는 확실히 과하게 들떠 있으니, 현실을 직시하라며 누군가에게 한마디 듣는 편이 좋을지도 모른다.

▶▷

"카이, 기분 좋아?"

"최고야."

"카이, 더 눌러줄게."

"으히~!"

"카이 선배, 끼워드릴게요♪"

"우오오오오오오오!"

점심시간이 되자, 나를 기다리고 있는 것은 천국이었다.

평소처럼 마츠리 일행을 불러내고, 평소처럼 그녀들의 부드러움과 달콤한 향기에 휩싸인 채 행복한 시간을 보냈다.

"역시 이거지……. 이걸 위해 매일 열심히 사는 거라고, 난."

"과장 아니야?"

"과장 아니야. 더는 세 사람이 없으면 살아갈 수 없어."

이거야말로 과장이었지만, 딱히 틀린 말은 아니다.

다만…… 몸을 밀착해 오는 세 사람의 압력이 강해졌고,

동시에 놓치지 않겠다는 듯 손의 힘도 강해졌다.

"그럼 카이는 떨어질 수 없겠네?"

"우리도 마찬가지지만."

"네. 절대 놓치지 않을 거예요?"

세 사람이 귓가에 속삭이는 말에 등골에 오싹 한기가 들었다.

밀려드는 탄력감이나 몸을 통해 전해지는 온기는 여전한데, 이 오싹함은…… 뭐지?

겁을 집어먹고 아무 말도 하지 못하는 나에게, 마츠리가 더욱 얼굴을 가까이했다.

"같이 있고 싶다고 했지? 그럼 계속 같이 있는 게 당연하잖아? 우리도 마찬가지야. 그러니까, 서로가 그렇게 생각하고 있다면 그렇게 하는 게 제일이겠지?"

참고로 지금 우리의 자세를 가볍게 설명하자면 이렇다.

사이카가 등 뒤에서 날 껴안고, 에무가 팔을 껴안고, 그리고 마츠리가 정면에서 나를 바라보고 있었다……. 즉 정면에 선 마츠리에게서 시선을 일절 돌릴 수 없었고, 나는 빛이 사라진 눈동자로 바라보는 그녀를 꼼짝없이 마주볼 수밖에 없었다.

"마, 마츠리……."

원래부터 시선을 피할 수 없었는데, 마츠리는 내 양볼에 손을 얹고 완전히 고정시켰다.

"대답은?"

“……네.”

“응, 좋아♪”

저기…… 정말 최면 효과 있는 거 맞지?

조금 불안하긴 한데, 뭐 괜찮겠지…… 아니, 여기서 풀리면 그거야말로 공포스러운 일이었다.

“나도 같은 생각을 했어.”

“저도요.”

“아, 응.”

사이카와 에무에게도 대답을 재촉받아 고개를 끄덕이고 말았다.

마치 맹세라도 나누는 것 같은 분위기에 그만 쓴웃음을 지었는데, 문득 그때 나는 아까의 일을 떠올렸다.

“큭큭…… 사실은 말이지, 오늘은 한 단계 높은 레벨에 도전해 볼까 생각하고 있었거든!”

“한 단계 높은 레벨?”

그렇다며 고개를 끄덕인 나는 일단 떨어져 달라고 부탁하고, 그 말을 입에 담았다.

“……그, 키스는 어떨까?”

그것은 뺨에 하는 것이 아니라, 입술끼리의 키스를 말한다.

일단 그 선을 넘는 것에도 주저함이 들었고, 역시 너무 앞서나가는 건가 하는 불안함에 목소리도 떨렸다.

“그건 입과 입?”

“마, 맞아──.”

아니, 역시 취소야, 라는 말을 하려 했지만…… 그것보다도 먼저 마츠리가 나의 입을 막았다―― 자신의 입을 포개서.

"읍?!"

"으음……♪"

놀란 나머지 눈을 뜨고 있던 나…… 당연하지만 눈을 감고 있는 마츠리가 코앞에 보였다.

입술에 전해지는 부드러운 감촉은 마츠리의 입술…… 무슨 일이 일어난 것인지 알지 못한 뇌가 이해를 거부했고, 완전히 활동이 멈춰버렸다.

"……."

"……에헤헤."

살짝 얼굴을 뗀 마츠리는 무척 수줍어하는 얼굴로 미소를 짓고 있었다.

약간 촉촉해진 눈동자는 기쁨을 나타내는 것처럼 보이기도 했다. 당황하고 있어도 보석처럼 예쁘구나, 하고 생각하며 나는 마츠리의 눈을 홀린 듯이 바라보았다.

"괜찮아……?"

"당연하지. 카이, 좋아해♡"

"윽!"

두근, 하고 심장이 세게 뛰었다.

하지만 힘있게 빤히 바라보는 시선이 느껴졌다…… 사이카와 에무다.

"나도 하고 싶어."

"저도 하고 싶어요."

스윽 앞으로 나온 사이카와 에무가 바싹 다가왔고, 나는 흐름에 몸을 맡기듯 고개를 끄덕였다……. 그리고 두 사람과 키스를 나눴다.

연달아 세 사람과 키스를 하자 심장이 격렬하게 요동치고 있었다.

그야말로 숨이 막힐 정도로 두근거리는 흥분이 온몸으로 퍼져 나갔고, 마치 열이라도 나는 것처럼 머리가 멍해졌다.

"키스…… 해 버렸네."

"해 버렸어♪"

"겨우 했네♪"

"키스…… 너무 기분 좋아요♪"

만족한 모습의 세 사람과는 반대로 나는 죄책감을 느끼고 있었다.

그치만 세 사람과 동시에 키스한 거잖아……?! 사귀는 사이도 아니고, 얼마 전까지만 해도 입술 키스는 안 된다고 말했었는데?! 그래도…… 그래도 엄청나게 기쁘지만?!

"나…… 불안해하지 않아도 되는 걸까……?"

"불안해 할 필요 없지 않아? 왜냐면 우리가 좋다고 했으니까."

"걱정할 필요 없어…… 정말 기쁘니까."

"그럼요. 그러니까 선배가 기쁘게 생각한다면 저희도 기쁠 거예요."

그리고 마지막에는 그녀들이 나서서 나를 안아주었다.

그렇다면…… 그렇다면 괜찮지 않을까 하고 스스로를 납득시켰다. 입술 키스라는 벽을 넘어서며 망설임이 없어졌고, 나는 다시 한번 그녀들의 부드러움을 마음껏 만끽했다.

"다음에는 더 야한 거야?"

"기다릴게…… 아니면 오히려 덮칠까?"

"당하는 쪽이 더 취향이에요……!"

야한 일…… 키스보다 더 위라는 건 본격적인 H?!

당연하게도 주저가 생겼지만…… 일단 지금은 키스를 했다는 여운에 잠겨 있고 싶었다.

세 사람은 먼저 교실로 돌아가게 하고, 빈 교실에 혼자 남은 나는 아까의 일을 회상했다.

"하아…… 최고였지."

방심하면…… 아니, 방심하지 않더라도 히죽거림을 억누를 수가 없었다.

"파트너…… 드디어 키스까지 가버렸어! 어쩌지…… 진짜 여기서 더 나아가면 나는 대체 어떻게 돼 버리는 거야!"

그 이상의 일을 경험할 수 있다면 분명 후회는 없을 것이다!

하지만, 이렇게 되니까 더더욱 마츠리 일행과 함께 있

고 싶다는 마음이 강해졌다. 이런 마음이 들게 된 것도, 오늘처럼 행복한 시간을 보낼 수 있었던 것도 전부 파트너와 만난 덕분이었다.

"헤헤, 정말로 고마워. 하지만 아직이야……. 앞으로도 나에게 힘을 빌려줘!"

나는 내 나름대로의 사용법으로, 앞으로도 이 날들을 만끽해 줄 테니까!

"자, 이제 세 사람 모두 교실로 돌아갔으려나?"

다시 한번 손에 들고 있던 스마트폰의 화면을 바라본 순간, 나는 눈을 동그랗게 떴다.

왜냐하면 화면이 새까맸기 때문이다……. 고장난 건가 싶어 당황했는데, 단순히 배터리가 다 닳은 모양이었다.

"세 명에게 걸었고, 거기다 아침에도 썼으니까…… 응?"

잠깐…… 대체 언제부터 배터리가 나갔던 거지?

배터리는 언제 나갔고, 셋은 언제까지 최면 상태였던 거지?

확인할 수 없는 상황에 불안함을 느꼈지만, 동시에 신경 쓸 필요 없다는 말을 파트너에게 들은 것 같은 기분이 들었다.

"앗, 나도 교실로 돌아가야지——."

시간도 거의 다 됐으니까……. 다만, 빈 교실을 나간 타이밍에 예상치 못한 일이 벌어졌다.

"아, 기다렸어, 카이."

"마츠리?!?!"

놀랍게도 밖에서 마츠리가 기다리고 있었다.

그녀가 곧바로 내 손을 잡고 끌어당겼다.

"자, 빨리 안 들어가면 늦는다?"

"아, 응…… 그보다 언제부터 있었어?"

그런 내 물음에 마츠리는 피식 웃었다.

"글쎄? 지금일 수도 있고, 처음부터였을 수도 있지?"

입가에 손가락을 얹은 마츠리는 귀여운 윙크와 함께 그런 말을 했다.

저기, 파트너…… 정말 괜찮은 거 맞지?

마츠리의 예쁜 미소에 넋을 잃으면서, 나는 마음속으로 작게 파트너를 향해 그렇게 물었다.

▶▷

최면 앱…… 그저 욕망을 이뤄주는 아이템 정도로만 생각했는데, 이렇게나 멋진 나날을 선물받게 될 거라고는 상상도 하지 못했다.

딱 한 가지 확실하게 말할 수 있는 것이 있다면—— 나는 틀림없이 최고의 나날을 보내고 있다는 것이다.

손에 넣은 최면 앱으로 꿈같은 하렘 생활을 보내고 싶어 3

2025년 9월 1일 1판 1쇄 발행

저　　자 묭
일러스트 맛파니낫타
옮 긴 이 이소정
발 행 인 유재옥
이　　사 조병권
편집 2팀 정영길 박치우 조찬희
편집 3팀 오준영 권진영 이소의 정지원
디자인랩팀 김보라 전세연
디지털사업팀 김지연 윤희진 장혜원
라이츠사업팀 김정미 이지현 유아현
영업마케팅팀 최원석 윤아림
물 류 팀 백철기 이새롬
경영지원팀 최정연
인쇄제작처 ㈜코리아피엔피
발 행 처 ㈜소미미디어
등　　록 제2015-000008호
주　　소 서울시 마포구 토정로222, 502호 (신수동, 한국출판콘텐츠센터)
판매 및 마케팅 (070) 8822-2301

ISBN 979-11-384-8758-0
ISBN 979-11-384-8592-0 (세트)